자존감을 지키며 살아가는 기술

Change
by studying yourself

체인지

체인지 _ Change

초판인쇄	2018년 09월 05일
초판발행	2018년 09월 10일
지은이	전미연
발행인	조현수
펴낸곳	도서출판 더로드
마케팅	최관호 최문섭
IT 마케팅	신성웅
편집교열	맹인남
디자인 디렉터	오종국 Design CREO
ADD	경기도 고양시 일산동구 백석2동 1301-2 넥스빌오피스텔 904호
전화	031-925-5366~7
팩스	031-925-5368
이메일	provence70@naver.com
등록번호	제2015-000135호
등록	2015년 06월 18일
ISBN	979-11-6338-000-9-03810

정가 15,000원

자존감을 지키며 살아가는 기술

체인지
Change
by studying yourself

전미연 지음

도서출판 **더 로드**
The Road Books

"인생은 유화다"

나는 못난이로 태어났다. 자라면서는 문제아
였고, 이것저것 배우는 것 중 무엇하나 제대로 잘하는 것이 없었다. 일
평생 칭찬이라고는 한 번도 받아본 적 없는 인생이었다. 잠깐 공부를
잘한 적도 있었다. 그러나 인생의 관점이 그렇게 쉽게 바뀌는 것은 아
니다. 어영부영 점수에 맞춰 대학에 갔고, 나의 인생은 그렇게 별 볼일
없이 진행되는 것 같았다.

대부분 사람들은 낮은 자존감을 장착하고 세상을 살아간다. 어렸을
때부터 우리는 주변과의 비교 속에 살아간다. 나의 부모님은 나를 누
군가와 비교하시지 않았지만, 나 스스로 잘난 누군가와 나 자신을 항
상 비교하며 나 자신이 보잘것없는 존재라 느꼈다. 주변의 인기 있는
친구들, 공부 잘하는 사람들, 뛰어난 재능을 가진 사람들.
SNS가 발달한 요즘을 살아가는 현대인들에게 낮은 자존감은 필수
아이템인 것 같다. SNS에는 멋진 해외여행 사진, 여유로운 삶, 명품
등이 흔하디흔하다. 너무 흔해서 그런 것을 드러내는 사진은 그냥 평

범함이 되어버렸다. 길거리에 외제 차 역시 너무 흔해서 외제 차 자체가 필수 아이템이 되어버린 것 같다. 그러나 나의 삶은? 나는 생존하기에도 벅찬 삶인데 남들에게는 여유롭고 즐거운 삶인 것 같은 상대적 박탈감이 세상을 가득 채우고 있다.

어렸을 때의 나는 못생기고 어리바리한 어린이였다. 똘똘하지 못하고, 학교에서도 있는지 없는지 알 수 없는, 존재감 없는 학생이었다. 허허실실 No라고 말하지 못하는, 모든 것을 Yes라 말하는 순둥이였다. 자존감도 낮았고 그 어디서도 인정받지 못하는 존재였다. 그렇게 하루하루를 살아갔다. 당연히 친구 관계도 힘들었고, 대부분의 학교생활도 힘들었다. 밥 한 끼 챙겨 먹기도 힘든 모지리 같은 성격이었다.

그러나 낮은 자존감이나 보잘것없는 나의 모습은 내가 가진 젓가락의 길이처럼 고정된 것이 아니다. 나의 키처럼 나와 함께 조금씩 성장하고 있었다. 눈에 보이지는 않았지만 어느 날 나에게 멋진 모습으로 찾아왔다. 40대의 나는 나이만큼 성숙한 높은 자존감을 장착하게 되었다. 그러나 높은 자존감이 항상 나의 삶에 작동하는 것은 아니다.

자존감이 높다고 하면 절망감 같은 것을 안 느끼는 것일까? 아니다. 높은 자존감을 장착한 나는 하루에도 수십 번의 절망감을 느끼며 산다. 환자가 아프다는 말에 나의 능력을 의심하고, 핸드폰만 부여잡고 있는 딸들의 모습에 내가 잘못 키운 건 아닌지 절망한다. 사소한 모든 순간에 나의 능력을 의심하며 하루를 보내는 것이다.

나의 자존감이 온종일 작동하지는 않는다. 너무 힘들고 지친 하루를 보낸 어느 순간 살짝 나에게 다가와 '오늘 하루도 수고했어.', '괜찮아다 잘될 거야' 라고 조용히 나의 다친 마음을 위로해 준다. 우리는 또 그렇게 작은 힘을 얻어 앞으로 나아가는 것이다. 그리고 그렇게 작은 걸음들이 모여 눈에 보이는 변화를 만들어 내는 것이다.

의사라고 하면 어렸을 때부터 계속 모범생이었고, 공부도 잘하고 좋은 학교를 나오고, 안정된 삶을 산다고 생각한다. 그러나 나의 인생은 그렇지 않았다. 나의 모든 선택은 헛발질이었다. 그리고 그것을 조금씩 바꾸고 수정하며 삶을 만들어 갔다.

학창시절의 모든 결정도, 대학을 갈 때도, 결혼을 할 때도, 개원을 할 때도. 나는 신중하지 못했고, 덜렁거리며 멍청한 결정을 했다. 그리고 그것의 잘못됨을 깨닫고 또 더 나은 방향으로 바꾸기 위하여 애쓰며 살아왔다. 인생 전체가 고군분투다. 그러나 우리의 삶에 정답이라는 것은 없다. 한 번에 최고의 선택을 하고 뻥 뚫린 고속도로로만 달리는 인생도 있을 것이다. 그러나 나의 인생은 골목길을 구불구불, 이것저것 많은 경험을 하고도 또 국도를 천천히 달리는 인생이다.

이 모든 순간에 나를 지탱하고 변화하게 한 것은 자존감이다. 잘못된 결정에 실망하지 않고, 또 힘내어 바른길로 나아갈 수 있도록 나를 위로하고 버틸 힘을 주었다. 나는 지금 이 순간도 잘못된 선택으로 힘들어하고 있다. 그러나 이제는 안다. 이렇게 조금씩 노력하면 또 바른 길 위에 내가 열심히 걸어가고 있을 것을.

나 자신을 사랑하는 마음, 자존감을 믿어보자. 자존감을 가지고 낮선 삶에, 낯선 일에 도전을 해보자. 조금의 실망도 절망도 어느 날 멋진 나의 변화된 모습으로 결과를 보여줄 것이다.

인생은 한번 잘못 그리면 수정할 수 없는 수채화가 아닌, 언제든지 덧칠을 할 수 있는 유화다. 나의 캔버스는 시작부터 잘못된 스케치로 엉망진창이었다. 그리고 또 그 위에 잘못된 채색으로 이상한 그림이 그려지고 있었다. 그러나 나는 나 자신을 사랑했다. 나를 사랑하는 자존감을 가지고 조금씩 그림을 고쳐나갔다. 지금도 항상 잘못된 그림을 그리고 고쳐나가고 있다. 어느 날 인가 가장 멋진 예술작품이 완성될 것이라 믿는다.

비록 지금의 삶이 엉망진창이고 되는 일이 없다고 해도 너무 낙담하지 말자. 우리는 인생이라는 멋진 작품이 완성될 때까지 계속 덧칠을 하면 된다. 내가 붓을 내려놓는 순간이 작품이 완성되는 시기이다. 자존감이라는 붓을 부여잡고, 도전이라는 다양한 물감으로 멋진 색을 덧입히자. 인생이 멋지게 바뀌는 그 순간 까지.

초라하던 나의 인생이 어느덧 점점 변화되어 꽤나 멋져졌다. 비록 지금 초라하다고 절망하지 말고 나 자신을 사랑하는 자존감 높은 사람이 되어보자.

2018년 8월

또 새로운 도전과 변화, 책 쓰는 치과의사 전미연

Contents | **차례**

체인지

Change

by studying yourself

CHAPTER
01

왜 자존감인가?

몸을 건강하고 튼튼하게 하려는 노력을
마음에도 하자.
매일매일 운동을 하듯이 마음의 운동도
매일매일 해주도록 하자.

01
왜 자존감인가?

　　국내 대기업 20년 차, 억대 연봉을 받는 친구와
전화를 하고 있었다.
　"사내 메신저에 입사 일 년 차 사원 부고가 떴어. 서울대 졸업생이래."
　"부고? 교통사고?"
　"자살인가 봐."

몇 달 후, 나는 치과의사 친구와 카톡을 하고 있었다.
　"○○에 새로 생긴 치과 알아?"
　"응. 오픈한지 얼마 안 되었잖아? 한 6개월 되었나?"
　"서울대 졸업한 원장인데 자살했데."
　우리나라 최고의 학교를 졸업하고, 최고의 직업을 가진 젊은 청년들이 자살한 것이다. 여러 해 동안 카이스트 학생들의 반복되는 자살 소식이 뉴스에 보도되기도 하였다. 우리 같은 평범한 사람이 보기에는 서울대에 가면 모든 것을 얻을 수 있을 것 같이 보인다. 그들은 남들이 보기에 모두 부러워하는 직업도 가지고 있다. 그렇게 원하는 것을 얻었으면 행복해야 하는 것 아닐까?

우리나라는 2003년 이후 지금까지 OECD 회원국 중 자살률 1위를 지키고 있다. 40분에 한 명, 하루에 36명이 스스로 목숨을 끊고 있다. 자살에 대한 나의 관념은 '생활고에 시달려 비관 자살'이였기 때문에, 자살하는 이유 중 가장 높은 비중을 차지할 거로 생각하였다. 그러나 최고 엘리트 젊은이들의 자살 비율이 높은 것이 현실이다. 청소년들의 자살, 빈곤층 노인의 자살 역시 많이 나타난다.

우리는 왜 자살 공화국이 되어야만 했을까. 개인의 우울증으로 치부하기에는 15년 연속 세계 1위라는 것은 너무 길지 않은가? 나 역시도 자살을 생각해 본 적이 있다. 살아가면서 힘든 순간을 만나게 되고, 이대로 세상에서 사라졌으면 싶을 때가 있다.

우리는 부유한 환경, 우수한 성적, 좋은 직장, 안정적인 가정, 이런 것들을 가지게 되면 행복할 것으로 생각한다. 그리고 이런 조건들을 갖추기 위해 끊임없이 노력한다. 어렸을 때 가난했던 환경을 극복하려고 노력한다. 공부를 잘하기는커녕 말썽꾸러기였던 나를 바꾸기 위해 발버둥을 치며 살아가는 것이다.

처음부터 좋은 환경에서 크고 많은 것을 이룬 사람도 있는가 하면, 어려운 환경을 극복하고 성공한 사람도 있다. 많은 것을 이루고 이제 누리기만 하면 될 그 순간에 그들은 왜 죽음을 택한 것일까.

나는 어렸을 때 근사한 가정환경에서 자랐다. 내 생각에는 좋은 수준을 넘어 근사한 환경이지 않았나 싶다. 물론 기업을 운영하는 그런 대단한 집안과 비교할 바는 못 된다. 하지만 우리가 살아가는 평범한 일상에서 충분히 좋은 가정환경이라고 생각한다.

40년생인 아빠는 서울대 정치과를 나왔다. 엄마는 숙대, 약대 수석 입학의 화려한 학력을 가지고 계신다. 아빠 친구들은 나의 어린 시절부터 현재까지 현역 정치인이다. 엄마 친구들은 80년대 내가 초등학교 시절부터 약국을 운영하시는 능력 있는 전문직 여성이다.

나의 친척들은 대부분 서울대, 이대 출신에 의사, 교수, 선생님 잘 남에 끝이 없는 사람들이다. 전업주부도 거의 없다. 나의 사촌오빠, 언니 모두 서울대 의대를 갔다. 다 모아놓으면 병원 클리닉 건물을 채우고, 넘칠 만큼 다양한 의사들이 존재한다. 내가 우리 집안의 세 번째 치과의사이다.

게다가 집안은 화목하기까지 하다. 우리 집안은 내가 어렸을 때부터 친척들이 정말 자주 모였고, 항상 화기애애한 분위기였다. 어렸을 때는 선물을 사서 크리스마스 파티를 하기도 했다. 지금은 가족 카페를 만들어 활동하고 있으니, 화목을 떠나 세상을 앞서가는 가족임이 틀림없다.

집안도 좋고, 직업도 좋은 내가 왜 자존감에 대해서 말하고 싶어 할까?? 나는 이렇게 잘 자라서 자존감이 높고 성공도 했다. 이런 걸 세상에 알리고 싶은 것일까? 나는 앞의 두 사람이 자살한 심정을 조금은 이해할 수 있을 것 같다.

내가 그들이 어떤 삶을 살았고 그 자리에 있었는지 알 수는 없다. 그러나 잘났거나, 못났거나 사람은 모두 자신의 십자가를 가진다는 말은 진실이다. 그 십자가는 외부에 있을 수도 있고, 내 마음속에 있을 수도 있다. 그들이 그 십자가를 감당할 조금의 힘을 더 낼 수 있었다면 성공의 시작에 그런 안 좋은 선택을 하지 않았을 것이다.

세상의 모든 불행은 비교에서 온다. 절대적 가치에서 불행이 오는 것이 아니다. 아프리카 아이들은 발로 찰 수 있는 축구공 혹은 그와 유사한 것 하나만 가지고도 세상을 행복하게 살아간다. 그러나 일 인당 국민소득 세계 10위이고 최고로 빠른 인터넷 속도를 자랑하는 우리나라는 세계에서 자살률 1위이다.

나 역시 모든 것을 가지고 있는 듯했다. 부유하고 화목한 가정에 조금은 빠릿빠릿한 두뇌, 못생김의 대표 주자였지만 살아가는 데 지장 없는 외모까지. 그러나 나의 어린 시절은 힘들었다. 내가 속해있는 행복한 가족에서 나는 루저였다. 나 이외의 모든 사람은 뛰어난 사람들이었다. 심지어 그들은 외모까지 멋졌다.

절대적 관점에서 그들은 다 잘났다. 공부도 잘했고, 강남의 좋은 아파트에 살았다. 좋은 학교에 다녔다. 외모도 멋졌다. 성격도 좋았고 돈도 많았다. 그들에게 속한 나를 비교하면 나는 공부도 잘 못 했고, 외모도 못난이였다. 나는 봉천동 달동네 옆에 살고 있었다. 무엇하나 제대로 하는 것 없는 아이였다.

항상 화목한 가족 모임이었지만, 나는 그 불편한 마음을 버텨내야만 했다. 나의 장점을 단 한 가지도 찾을 수 없었다. 나는 바닥에 붙어 있는 자존감을 붙잡고, 20년이라는 시간을 버텨냈다. 서울대 의대를 재수도 안 하고 척척 붙는 사촌 언니, 오빠를 보며 초라해지는 나를 비참한 모습으로 바라보아야만 했다.

대학을 가고 나는 부모님의 영향력에서, 가족이라는 울타리에서 벗어나기 시작했다. 나의 낮은 자존감을 붙잡고 조금씩 성장을 했다. 대학 시절의 나는 여전히 볼품없고 초라했다. 여대에서 그 흔하다는 미팅, 소개팅도 거의 안 했다. 별 볼 일 없는 나를 누군가의 앞에 드러내는 것에 대한 두려움을 가졌다.

나는 그냥 열심히 살았다. 눈앞의 일들을 열심히 하면서 조금 나아지는 나 자신을 바라보며 앞으로 나아갔다. 작은 일들에 도전하며 나의 자존감을 조금씩 키워갔다. 못생기고 문제아였던 어렸을 때의 나를 마음에 품고 두려운 세상으로 나아갔다.

그렇게 한 해, 두 해가 지나고 40대 중반의 내가 되었다. 남들이 다 멋지다고 말하고 부러워하는 위치에 있는 나를 비로소 발견하게 된 것이다. 부족함 없는 가정에서 자라, 10여 년간 개인병원을 운영하는 40대 여성 치과의사. 최고의 엘리트 코스를 밟고 고생을 모르는 잘나가는 사람이라 생각할 것이다.

나는 초라하고 별 볼 일 없는, 온갖 말썽을 다 일으켰던 문제아에서 성공한 40대 전문직 여성이 되었다. 아직도 나는 다른 사람과 비교하는 문제에 직면해 있다. 그리고 나의 마음은 아직도 매일매일 상처를 받는다. 그러나 나는 상처받은 마음을 위로해 주는 단단한 자존감을 가지고 있다.

어렸을 때 힘든 시절을 지내오며 나를 위로해 주던 마음이 점점 단단해지고 커졌다. 이 마음이 가장 멋지고, 행복한 삶을 사는 지금의 나를 만들어 주었다. 내가 행복한 이유는 성공한 치과의사이기 때문이 아니다. 나는 어떤 어려움도 이겨낼 수 있는 나의 마음 덕분에 행복하다. 또 이 마음에 힘을 얻어 새로운 일에 도전할 수 있다.

많은 사람이 행복의 필수조건인 자존감을 알고 키워갔으면 좋겠다. 자존감은 주어지는 것이 아닌 내가 만들어 가는 나의 마음이다. 좋은 환경, 좋은 부모님에 의해 얻어지는 것이 아니다. 모든 것을 가지고

있을 것 같았지만 그렇지 않았던, 오히려 힘들었던 나의 어린 시절을
극복하면서 만들어 낸 나의 자존감을 세상 사람들과 공유해 보려고
한다.

02
자존감, 나를 키우는 힘

　　자존감이 나를 성장시켜줄까? 답은 "YES"다. 왜? 자존감은 나를 사랑하는 마음이다. 부모님보다 나를 더 사랑한다. 내가 자존감으로 성장하는 것은 당연한 사실이다. 자존감이라는 것이 그리 대단하고 엄청난 것은 아니다. 그냥 나 자신 속에 항상 있는 것이다. 다만 우리는 그것을 발견하고 사용하는 방법을 잘 모른다.

　자존감이란 무엇일까? 자존감은 긍정과 신뢰를 갖고 한결같이 자신을 사랑하는 마음이다. 자신이 언제나 멋진 사람이고, 새로운 도전을 할 수 있다는 믿음이다. 자존감은 여유 있는 말과 행동을 할 수 있는 능력이다. 그리고 유머를 즐길 줄 아는 능력이다.

　자존감이 높은 사람은 눈앞에 닥친 상황에 도전하고, 유연하게 대처할 수 있다. 자신과 타인의 주장을 편안하게 받아들인다. 스트레스를 받을 수 있는 상황에서 당황하지 않고 균형을 유지할 수 있다. 자존감은 나를 지키는 힘이다. 그중에서도 특히 불행을 견디는 힘으로 가장 강력한 역할을 한다. 불행을 견디고 결국 행복해질 수 있을 때까지 버티는 힘이 되어준다.

나는 돌부처라는 별명을 가진 야구선수 오승환을 좋아한다. 우리나라 최고의 마무리 투수였고, 일본 프로야구에서도 최고의 마무리 투수로 자리매김했다. 그리고 지금은 메이저리그에서 활동하고 있다. 그가 처음부터 화려하게 데뷔하고 최고의 선수였던 것은 아니다.

오승환은 투수가 되고 싶었다. 그러나 고등학교 때부터 대학 시절까지 팔꿈치 부상, 인대 접합수술 등으로 고생하며 야수를 전전했다. 재활과 연습을 열심히 하다 기회를 잡아, 투수로 프로구단에 입단할 수 있었다. 이후 프로 생활을 하며 마무리 투수로 맹활약하게 되었다.

그는 투수로서 단점이 많은 선수다. 구질도 다양하지 못하고 폼도 특이하고 부자연스럽다. 많은 이닝을 소화할 수 없어 선발투수로도 적합하지 않았다. 그는 이런 많은 단점을 고치려고 노력했지만 쉽지 않았다. 결국, 단점을 장점으로 승화시키기로 했다. 그리고 엄청난 노력과 연습으로 세계 최고의 마무리 투수가 되었다.

나는 그의 인터뷰에서 세 가지 인상적인 발언을 들었다.

"결국, 중요한 것은 포기하지 않았다는 것이다."

"'자신감을 가져'라는 말은 누구나 쉽게 할 수 있다. 중요한 건 나만의 자신감을 어떻게 만들어 내느냐다."

"자존심 상하는 악성 댓글을 보고, 그들에게 칭찬을 받고 싶어 더 열심히 했다."

그가 가진 것은 단순한 자신감, 혹은 인내심이 아니었다. 그는 자신을 사랑하는 강력한 자존감을 가지고 있었다. 그는 부상으로 자신의 포지션이 아닌 위치에 있을 때도 자존감을 가지고 버티고 앞으로 나아갔다. 언젠가는 투수로서 성공할 것이라는 강력한 확신이 있었기 때문일 것이다. 그리고 자신에게 나타난 기회를 놓치지 않고 붙잡았다.

많은 사람이 악성 댓글에 괴로워한다. 악성 댓글을 보고 괴로운 마음을 못 이겨 자살에 이르는 연예인들도 있다. 그러나 돌부처라는 별명을 가진 그가 악성 댓글에 대처한 방법을 보면 진정으로 자신을 사랑한다는 것을 알 수 있다. 또한, 악성 댓글을 달았던 모든 사람이 자기 자신을 사랑할 때까지 더 열심히 연습하겠다는 의지를 엿볼 수 있다. 그는 내가 본 사람 중에 최고의 정신력과 더불어 유머 감각까지 가지고 있는 것 같다.

그에게 나타난 부상, 도박연루 등의 많은 위기를 이겨내고 성공했다. 결국, 그는 최고가 된 것이다. 그리고 그의 도전과 발전은 여전히 현재진행형이다. 대한민국, 일본, 메이저리그, 큰 야구리그를 모두 제패한 것이다. 그의 도전이 어디까지 도달하게 될지 기대된다.

몇 년 전 중학교 때 이후, 연락이 끊겼던 친구와 연락이 닿게 되었다. 친구와 이야기를 하다 보니, 중학교 시절의 내 모습을 떠올리게 되었다. 나는 날뛰는 망아지처럼 단 하루도 빠지지 않고 열심히 놀았다. 주중, 주말 구분 없이 온 동네를 헤집고 다녔다. 그리고 주변이 깜깜해져야 집으로 기어들어 오는 청소년이었다. 때로는 자존감 결핍 때문에 힘든 시절을 보내기도 했다. 열등감, 부끄러움, 고집불통, 선택 장애 등을 숨기기 위해 애썼다.

나는 문득, 다른 사람이 기억하고 있는 25년 전 나의 모습이 궁금해졌다. 생각해보면 25년의 세월 간격을 두고 만나게 된 사람은 내 인생에 처음이었다. 거의 25년 만에 연락하는 친구가 생각하는 나는, 내가 생각하는 나와는 몹시 다른 모습이었다. 그녀가 보았던 나는 책을 많이 읽고, 인생을 고민했다고 한다. 생각이 많고, 앞으로 나아가기 위하여 노력하는 모습이었다고 했다.

나는 참 의외라고 생각했다. 나는 왜 그런 나의 모습이 하나도 생각나지 않을까? 나는 어른이 되어서야 자존감을 챙기고 발전해 나갔다고 생각했다. 그러나 날뛰는 망아지는 발전하기 위해 애쓰고 살았었나 보다.

나는 어린 시절 나의 아픈 모습을 기억에서 많이 지우고 살고 있었다. 나는 내가 기억하지 못하는 많은 소소한 시간 동안 앞으로 나아가고 발전하기 위해 노력했었나 보다. 우리는 그렇게 부족한 자신을 부여잡고 조금씩 앞으로 나아가고 발전하게 된다.

자존감이 높은 사람은 내면의 힘이 강한 사람이다. 외부의 자극, 즉 인생의 고난, 위기, 어려움에 잘 흔들리지 않는다. 악성 댓글을 다는 사람은 그냥 나를 좋아하게 만들어야 하는 사람일 뿐이다.

자존감이 떨어지면 스스로 초라해 보이고, 부정적인 생각이 늘어난다. 실패나 고난에 자신을 합리화하고 주저앉아 버린다. 타인이나 사건을 부정하고 무시한다. 세상과의 소통을 줄이고, 마음을 닫아버린다. 눈앞의 사건을 피하게 되는 것이다. 무시하기 위해 애쓰게 되고 결국 자기만의 생각에 갇히는 고집불통이 되어버린다.

결국 우리를 발전시키는 것은 나를 사랑하는 마음이다. 그리고 이것이 자존감이다. 자존감이 어떻게 나를 성장시킬까? 그냥 나만 사랑하면 저절로 내가 성장하는 것인가? 누구나 다 자신을 사랑한다. 표현방법이 다르고, 인식하는 정도의 차이가 있을 뿐이다.

자존감을 가지고 더 나은 사람이 되기 위하여 노력해야만 발전한다. 세상의 모든 진리는 다 같은 원리를 가지고 있다. 자존감이라고 특별한 원리를 가지고 있지 않다. 다만 우리에게 높은 자존감이 있다면, 더 나은 사람이 되기 위한 노력을 좀 더 쉽게 시작할 수 있다.

그리고 기회가 왔을 때 더 쉽게 잡을 수 있고, 위기가 왔을 때 이 위기를 이겨내고 성공으로 가는 속도가 남들보다 빠를 수 있다. 또한, 남들이 위기에서 헤매고 있는 동안 그 위기를 훌쩍 뛰어넘어 버린다. 자존감을 가지는 것은 실패에 직면했을 때 더 짧고 얕게 실패를 지나갈 힘을 가지는 것이다. 또한, 자존감이 있느냐, 없느냐의 여부는 우리가 절망할 만큼 큰 위기가 왔을 때 포기할 것인지, 끝까지 버둥버둥 버틸 것인지에 따라 알게 된다.

나는 남들이 보기에 참 쉬운 인생을 살아온 것처럼 보인다. 내 인생에 고난과 위기가 없지는 않았다. 내가 느끼기에 나의 삶은 단 한 가지 쉬운 것이 없었다. 단지, 그들 자신의 삶과 비교해 볼 때 내 삶이 마치 꽃길로만 보였던 건 아니었을까?

나는 죽을 것 같은 위기에서도 잘 참아낸다. 지금 당장 힘들어 죽을 것 같은데, 얼굴에는 미소가 있다. 나는 잠도 못 자고 밥도 못 먹는 상황인데, "무슨 좋은 일 있어?" 이런 질문을 받을 때면 조금 당황스럽기도 하다.

자존감을 높여야 한다. 마음의 근육을 단단하게 만들어야 할 의무가 우리에게는 있다. 몸을 건강하고 튼튼하게 하려는 노력을 마음에도 하자. 매일매일 운동을 하듯이 마음의 운동도 매일매일 해주도록 하자.

03
무엇이 자존감을 결정하는가

　우리가 자존감을 느끼는 요소는 두 가지다. 하나는 우리 자신의 가치를 소중히 여기는 마음이다. 내가 세상에 존재하는 그 이유만으로 내가 소중한 것이다. 다른 하나는 나의 능력을 뿌듯하게 여기는 마음이다. 내가 도전하고 이루어 낸 것들에 대한 성취감이 자존감을 높게 만든다.

　자존감을 높이는 많은 요소가 있을 수 있지만 큰 부류를 본다면 이 두 가지를 벗어나지 않는다. 결국, 나의 가치와 능력에서 우리는 자존감을 느낀다. 사랑을 받지 못하였다면, 나의 가치가 부정당한 것이다. 어떤 일에서 실패를 했다면 내가 무능하다고 느끼는 것이다. 이것이 자존감을 낮추게 된다.

　우리의 마음은 아주 사소한 것에 자존감을 높게 만들기도 하고, 낮게 만들기도 한다. 작은 성취에, 작은 사랑에 우리는 마음이 크게 흔들린다. 세상에 단 한 사람만 믿어주고 사랑해준다면 누구나 성공할 수 있다고 한다. 솔직히 말하면 사십 평생을 살아오면서 누가 나를 온전히 믿고 성공을 지지한다는 느낌을 받아 본 적이 없다. 아마도 한 명의 지지가 쉬운 일은 아닌 것 같다.

　세상에는 아주 작은 사건이 큰 변화를 일으키기도 한다. 나는 중학교 2학년 때 수학 경시대회에 참가했다. 시험문제가 너무 어려워서 손을 댈 수가 없었다. 내가 풀 수 있는 문제는 단 하나였다. 한 문제를 풀고, 한 문제는 수직선과 수평선을 그어놓았다.

　경시대회 결과를 발표하는 순간, 내가 전교 2등으로 상을 받을 거라는 사실을 알고 깜짝 놀랐다. 더 놀란 것은 두 문제 푼 아이가 일등을 한 것이다. 나중에 알고 보니 다른 많은 아이는 한 문제만 풀었다고 한다. 그중 나만 유일하게 수평선을 그어놓은 것이다. 그 두 줄의 위력은 나를 전교 2등 학생으로 만들었다.

　이 사소한 차이가 시인을 꿈꾸던 나를 과학자를 꿈꾸는 학생으로 바꾸어 놓았다. 그 사건을 계기로 의사까지 된 것 아닐까 싶다. 나는 그 후로 수학을 열심히 했고, 수학을 잘하는 아이로 자리매김했다.

　인생에는 이런 기적 같은 순간들이 있다. 나는 이 순간에 훅! 올라가는 자존감을 체험했다. 내가 의도하지도 않았고, 노력하지도 않았는데 나의 성취감은 하늘을 찔렀다. 처음으로 전교 2등을 해봤고, 그 이후로도 그런 등수는 가져보지 못했다. 이것은 나의 즐거운 기억일 뿐이다. 일상에서도 흔히 만날 수 있는 일은 아니다.

내가 일상으로 만나는 성취는 친구들과 고무줄놀이에서 이기는 것. 이 수준을 크게 벗어나지 않았다. 그러나 우리는 그런 작은 성취를 좋아한다. 그래서 목숨 걸고 고무줄놀이를 한다. 그리고 그것이 자존감을 높이는 역할을 하였다. 고무줄놀이를 잘하는 아이는 자존감이 높았다. 그리고 모두 그 아이를 부러워했다. 편을 가를 때 당연히 일등으로 선택된다. 어린 시절 그것보다 더 큰 성취가 어디 있겠는가.

우리의 자존감은 이렇게 작은 성취감을 계속 쌓아가는 연습을 한다. 이렇게 만들어 놓은 자존감은 어른이 되면서 더 큰 일들에 도전하게 된다. 큰일을 이루면 자존감은 많이 높아진다. 그러나 불행하게도 큰일에 실패하게 되면 자존감은 수직 낙하하게 될 수 있다.

능력과 성취에서 얻어지는 자존감은 실패 했을 때 낮아지는 부작용이 있다. 반복되는 실패는 낮은 자존감을 형성하게 되고, 새로운 일에 두려움을 갖게 한다. 낮은 자존감은 절망에 빠지게 한다.

우리에게 중요한 자존감의 요소는 나의 가치를 사랑하는 것이다. 세상에서 유일한 존재인 나를 사랑하는 것이다. 나는 내 우주의 전부이다. 나의 가치에 대한 사랑은 내적 환경으로부터만 오는 것은 아니다. 외부의 칭찬이나 성공이 계기가 되어 나의 가치를 사랑하게 될 수도 있다.

그러나 나의 가치를 사랑하는 것의 본질은 나의 내부에 있다. 모든 외적 조건을 떠나 순수한 나 자체를 사랑하는 것이다. 이것은 내가 키워가는 자존감의 본질이다. 외부 환경에 흔들리지 않는 강한 나를 만들어 주는 요소이다.

인생의 도전, 성공, 역경, 실패 등에 맞부딪혔을 때 흔들리지 않고 앞으로 나아갈 힘이 되어준다. 자존감이 강한 사람이 실패나 역경을 쉽게 이겨내는 이유이다. 성취에 의한 자존감은 실패나 역경 앞에 쉽게 무너진다. 이것을 밑에서 받쳐주는 것이 나의 가치에 대한 사랑이다.

자신의 가치를 사랑하는 굳건한 믿음 위에, 성취를 통한 자존감 향상을 이루어야 한다. 나의 가치만을 사랑하고 성취를 경험하지 못하면, 모래 위의 성과 같다. 마치 실체가 없이 사랑이라는 허상만 존재하게 된다. 우리는 이 두 가지를 조화롭게 높여 나가야 한다.

나를 사랑한다고, 열심히 외치고 생각한다고 해서 나의 가치를 사랑하게 될까? 아니다. '나 공부 잘해' 백번을 외치고, 생각해도 못하던 공부가 잘해지지 않는 것과 같다. 성취가 도전과 성공으로 얻어지듯이 나의 가치도 노력으로 얻어지는 것이다.

그렇다면 나의 가치를 어떻게 높일 수 있을까? 나의 가치는 내가 가진 신념, 생각을 지켜나가는 것에서 얻을 수 있다. 도덕적 가치가 높은 사람이라면 그것을 지켜가는 것으로 얻을 수 있다. 나는 근면, 성실에 대한 가치를 높게 생각하고 이것을 지키며 살아가고 있다.

　나의 자존감이 바닥에 뚝 떨어진 시기는 결혼과 육아를 하면서였다. 나를 위해 아무것도 할 수 없는 십 년의 시간을 보냈다. 혼자 있을 수 있는 시간도 거의 없었고, 나의 계발을 위해 책 한 권 읽기도 쉽지 않았다.

　하지만 나는 매일 나의 가정과 일을 지키기 위해 새벽 5시에 기상을 하고 일상을 꾸려 나갔다. 주말을 제외하고는 하루도 빠지지 않고 같은 시간에 일어나 아이들을 돌보고 출근을 했다. 집에 돌아와서 집안일을 하고 9시면 잠자리에 들었다.

　처음에는 이 다람쥐 쳇바퀴 같은 생활을 탈피하고 싶어서 무던히 애를 썼다. 하지만 어느 순간 깨달았다. 이렇게 매일 나는 근면, 성실한 삶을 지키고 버텼다. 그리고 나 자신의 대단함을 알게 되었다. 왠지 세상에서 나만이 할 수 있을 것 같았다. 나는 이렇게 위대한 엄마가 되어가는구나. 이것이 세상에 무서울 것 없다는 아줌마의 힘이구나.

　그렇게 나는 힘든 시기를 극복해 나가면서 나의 가치를 사랑하며 버텨 나갔다. 그리고 힘든 시기를 탈피하는 순간 나는 다시 나의 성취

욕구를 장착하게 되었다. 나를 위해 내 삶을 꾸려갈 수 있는 상황을 맞은 것이다. 나는 다시 꿈을 찾고 도전했다. 그리고 나는 치과의사라는 직업과는 전혀 무관해 보이는 책을 쓰고 있다.

우리는 전쟁터 같은 삶을 살아가고 있다. 이 전쟁터에서는 창과 방패를 장착하고 있어야만 살아남을 수 있다. 자존감은 창과 방패를 모두 가지고 있다. 그리고 우리가 삶의 전쟁에서 큰 상처 입지 않고 살아갈 수 있게 해준다.

우리가 앞으로 전진하도록 도와주는 창이 바로 나의 능력에 대한 사랑이다. 공격에 대처할 수 있는 방패가 바로 나의 가치에 대한 사랑이다. 나의 능력을 믿고 새로운 일에 도전해보자. 비록 어려움을 만나고 실패할지라도 우리는 나를 위로해 줄 수 있는 방패를 가지고 있다. 잠깐 방패 뒤에 숨었다가 다시 무기를 들고 앞으로 나아가자.

공격과 수비를 다재다능하게 할 수 있는 자존감을 사랑하고 잘 사용해보자. 언제 들이닥칠지 모르는 전쟁을 대비하여 잘 갈고 닦아 놓자.

04

자존감이 높은 사람, 자존감이 낮은 사람

　　우리 집에는 두 사람이 살고 있다. 둘 다 상위 1%라고 할 만한 스펙을 가지고 있다. 집안도 어디 내놔도 꿀리지 않는다. 남자는 막내로 귀여움을 많이 받으며 자랐다. 여자는 외동딸로 역시나 사랑을 받으며 자랐다. 형제, 자매 모두 괜찮은 직업을 가지고 잘살고 있다.

　　외모도 꽤 괜찮다. 아주 잘생기고 예쁜 것은 아니지만, 적당한 키에 좋은 인상을 준다. 옷만 잘 입혀 놓으면 꽤 쓸 만한 외모다. 40대에도 여전히 늘씬하고 청바지가 잘 어울린다. 항상 흐트러짐 없는 외모의 소유자들이다.

　　가정도 겉보기는 부족함 없이 잘 돌아가고 있다. 강남 3구 중 한 곳인 서초구에 집을 얻어 살고 있다. 딸 둘을 낳았다. 소아청소년과 선생님으로부터 '내가 본 사람 중 아이를 가장 쉽게 키워.' 라는 말을 들을 만큼 육아하기 수월한 아이들이다. 또한, 근처 사시는 친정 부모님께서 아이들 케어를 전적으로 도와주신다.

처음부터 공부를 잘하고 엘리트였던 것은 아니다. 둘 다 평범한 대학, 학과를 나와 새로운 것에 도전하고, 시도하여 최고의 스펙을 얻게 되었다. 인생 변화 스토리도 가지고 있다. 너무 화목한 가정에 멋진 삶을 살 것 같지 않은가? 인생은 멀리서 보면 희극, 가까이서 보면 비극이라는 말이 있다. 도대체 부족할 것 하나 없는 이 가정은 왜 화목하지 않은 것일까?

집에는 차가 두 대 있다. 남편의 차와 아내의 차다. 셔틀이 없는 어린이집을 다니는 아이들은 항상 엄마 차를 이용한다. 아이들이 타고 내리기 쉽고, 아이들의 짐을 쉽게 실을 수 있는 높고 큰 국산 차다. 남편의 회사는 집에서 마을버스로 한 번에 갈 수 있는 곳이지만, 자차로 출퇴근 하고 싶어 했다. 상환해야 할 전세자금 대출이 많이 남아 있었는데도 남편은 외제 차를 타야겠다며, 굳이 중고 외제 차를 샀다.

이들은 남편이 가장 아끼는 외제 중고차를 타고 시댁으로 향했다. 이 스펙 좋은 부부는 맞벌이다. 주중에는 친정에서 아이를 봐주시기 때문에 주말은 시댁에서 가서 함께 시간을 보낸다. 아이들에게 사람들 벅적벅적한 환경도 제공해주고, 친척들의 화목한 모습을 경험하게 해주려는 것이다.

　시댁에 도착하니, 시어머니는 이미 많은 것을 준비하고 계셨다. 시댁에 도착하는 순간 전문직 여성 이런 타이틀은 사라져 버린다. 이곳에 오면 아무 쓸모 없는 타이틀이다. 그냥 한 명의 주부로 변신 완료. 아이들과 남편은 이미 TV 앞에 자리를 잡았다. 주중의 피로를 없애기 위해 뒹굴뒹굴 시간을 보내기 바쁘다.

　오로지 주부로 변신한 나는 시어머니 뒤를 졸졸 따라다니며 심부름을 하였다. 평생 공부만 한 전문직 여성인 내가 할 줄 아는 것은 설거지밖에 없었다. 시댁에는 항상 많은 사람이 모인다. 그래서 밥을 차리고 설거지만 해도 일이 엄청나다. 전문직 여성인 나는 그냥 상황을 즐기기로 했다. 음식 만드는 것을 시키지 않고, 설거지만 시키는 것만으로도 다행이었다. 그렇게 생각하니, 주부로 변신하고 생각보다 크게 스트레스를 받지는 않았다.

　다음 날 아침, 남편은 빚만 가득한 우리 집 가계상태가 상관없는 건지, 아니면 외국 유학파에 강남에 살고, 외제 차도 타는 본인이 골프를 치는 지금의 생활이 너무나 당연한 일인 것인지, 남편은 시누들과 골프연습장을 갔다.

　변신 주부는 골프 치러가는 남편을 뒤로하고 아침 설거지를 시작했다. 그리고 아이들과 뒹굴뒹굴하며 나름 편안한 주말 아침을 보냈다. 누군가에게는 아이를 보느라, 골프는 남의 나라 이야기이다. 아이를 돌보다 보면, 그 무거운 골프채를 휘두를 체력은 남아 있지도 않다.

우리 가족은 시댁에서 돌아와 잠시 친정에 들려 밥 한 끼 얻어먹기로 했다. 밥을 맛있게 먹고 나니, 주부로 변신하여 또 설거지한다. 남편은 여전히 TV 앞에 앉아있다. 이렇게 주말은 끝나가는 것 같았다.

집으로 돌아오면 다시 전문직 여성이 된다. 다음 날 아침 전문직 여성은 꼭두새벽에 일어난다. 아침을 만들고 출근준비를 한다. 아이들과 남편을 깨워서 밥을 먹이는데, 밥을 다 차려 놓아야 나타나는 남편에게 화가 났다. 시댁과 친정에서는 완벽하게 주부로 변신 했지만, 집에서는 아니다.

그녀는 남편에게 '밥상에 숟가락 놓는 것이라도 좀 돕지!' 라고 요구하자, 남편은 '숟가락 하나 놓는 것이 뭐가 그렇게 어렵다고. 나를 위해 만든 반찬이 뭐 한 가지라도 있어?' 드디어 전쟁이 시작되었다.

전문직 여성에게 남편은 완벽한 주부를 요구한다. 본인을 위해 헌신하여, 자신을 위한 밥상을 원하는 것이다. 하지만 전문직 여성은 그럴 여력도 생각도 없다. 출근준비 와중에 밥을 차려 놓은 것만으로도 충분했다.

결국 남편은 가지 말아야 할 곳으로 나아가고 있었다. "당신이 시댁에 가서 한 게 뭐가 있는데? 밥을 했어, 음식을 했어. 어머니가 만들어 놓은 것을 먹기만 하고 누워서 놀다가 왔잖아." 더 나아가 "친정에서도 나를 완전히 무시하잖아. 내가 그렇게 차를 지하에 주차하라고 하는데 장모님은 왜 항상 차를 밖에 대 놓으신 데? 내가 그렇게 우습나?"

이런 전쟁통을 겪고 그들은 출근한다. 이 부부는 여전히 겉보기 화려한 부부로 잘살고 있을까? 겉보기에는 비슷해 보이는 자존감 높은 여성과, 자존감 낮은 남자가 살아가고 있다. 너무나 비슷해 둘은 같은 부류의 사람인 줄 알았다. 그러나 이들은 정반대의 사람이었다.

남편은 자존감이 낮고, 아내는 자존감이 높다. 이 둘은 거의 비슷한 삶을 살아왔고, 비슷한 것을 이루었다. 화목한 가정에서 성장했다. 평범함을 벗어버리고 새로운 도전을 시도하고 성공했다. 이 둘의 자존감은 왜 다른가?

자존감이 높은 사람은 자신을 소중히 여기며 다른 사람과 긍정적 관계를 유지한다. 감정의 심지가 강하여 비난과 실수에 흔들리지 않고, 주변 환경변화에 유연히 대처한다. 그리고 주변에 열린 마음을 가지고 다양한 관점을 수용한다. 타인의 주장을 편안하게 받아들이고, 스트레스 상황에서 균형을 잘 유지할 수 있다.

자존감이 낮은 사람은 남의 시선을 의식하고 보여주는 것을 좋아한다. 외모, 스펙, 부 의존도가 높다. 남들의 시선으로 자신의 행동을 결정하고, 대인관계가 원만하지 않다. 자신이 이루어 놓은 것을 남으로부터 인정받기 원하고, 사회적 약자를 통해 우월감을 표시하려고 한다. 주변의 평가에 대해 민감하게 반응한다. 사소한 것들을 자신에 대한 비난으로 받아들인다. 모든 일에서 남 탓하기를 좋아한다.

이 둘은 왜 이렇게 자존감에 차이가 나고, 삶을 받아들이는 방식이 다른 것일까? 자존감은 자신을 사랑하는 마음이다. 그러나 나타나는 방식이 다르다. 높은 자존감은 허용적 방법으로 세상에 자신을 드러낸다. 사소한 것에 집중하기보다 넓은 시야를 가지고 다양한 정보를 처리한다. 나무보다 숲을 보는 것이다. 그래서 작은 일에 흔들리지 않고, 작은 소유에 집착하지 않는다.

그럼 낮은 자존감은 어떻게 세상에 나타날까? 낮은 자존감은 나에 대한 욕심, 즉 나에 대한 사랑이 욕심으로 나타나는 것이다. 주변 사람이 나만 사랑해주기를 원한다. 인정받기 원한다. 내가 가진 것을 뺏길까 봐 두렵다. 좋은 것은 내가 먼저 갖고 싶은 마음이다. 내가 가진 것을 세상이 칭찬해주기를 원한다.

자존감이 낮은 사람은 그 누구보다 내가 가장 중요하다. 자존감 낮은 사람에게는 사랑하는 관계에 있어서도 내가 중요하다. 내가 베푸는 사랑이 아닌, 사랑을 하는 내가 중요한 사랑이다. 모든 것의 중심에 내가 있기를 원한다. 내가 가진 것을 뺏길까 봐, 내가 중심에서 벗어날까 봐 항상 불안한 것이다.

자존감은 만들어가는 것이다. 같은 조건에 있어도 정반대의 자존감이 형성된다. 자존감은 어렸을 때 완성되는 것이 아니다. 지금 이 순간에도 계속 자존감은 커지기도, 작아지기도 한다. 매일매일 자존감에 영양분을 공급하자. 넓은 시야와 마음을 가지고 세상을 바라보자.

05

자존감과 회복 탄력성

회복 탄력성이라는 말을 들으면, '칠전팔기', '오뚝이 정신'이 생각난다. 나는 한 번도 실패한 일에 재도전해 본 적이 거의 없다. 내가 대학을 두 번 다니기는 했지만, 재수를 하지는 않았다. 첫 번째는 2지망으로 붙었고, 두 번째는 추가합격으로 붙었다. 두 번 다 운 좋게 문 닫고 대학에 들어가게 된 것이다. 돌이켜보면 꼭 운이 좋았다고 말할 수는 없다.

나는 어떤 일에 실패하면 다른 길을 찾아갔다. 아마도 내가 강렬하게 원하지 않았을 것이다. 아니면 목표를 향해 돌아갈 수 있는 많은 길이 있다는 것을 알았을 수도 있다. 강렬하게 원하는 일은 초능력을 발휘하여 한 번에 이루어 내기도 했다.

나는 중산층 가정에서 자랐다. 공부도 중간보다 조금 잘하는 평범한 사람이다. 내 주변도 유유상종이라고 비슷비슷한 사람들이 모여 있다. 칠전팔기, 오뚝이 정신을 실현하는 사람은 보이지 않는다. 나는 '칠전팔기' 보다는 '고진감래' 쪽에 가까운 것 같다. 어려움을 버티고 계속하다 보면 이루어지는 쪽에 더 가까운 것 같다.

회복 탄력성이라는 것이 칠전팔기와 같이 대단한 일에만 적용되는 것은 아니다. 우리가 사소하게 접하는 많은 일상에 회복 탄력성은 숨어있다. 돌부리에 걸려 넘어졌을 때 '괜찮아' 하고 툭툭 털고 일어나는 것도 회복 탄력성이다. 어린아이들이 넘어졌을 때 세상이 떠나가라 소리치고 우는 건 아직 그들에게 큰 상처이기 때문이다. 우리는 이런 작은 일들에서부터 쉽게 회복하는 능력을 익히며 어른이 되었다.

회복 탄력성이란 고난과 위기를 맞아 실패하고 절망한 마음을 다시 정상상태로 끌어올리는 힘이다. 실패를 딛고 다시 성공을 위하여 도전할 수 있는 마음의 힘이다. 이 회복 탄력성은 자존감의 치유력에 근간을 두고 있다. 자존감의 나를 사랑하는 힘. 내가 가진 가치를 존중하는 마음에 긍정의 힘이 합쳐져 회복 탄력성이 된다.

회복 탄력성의 가장 중요한 요소는 '실패해도 괜찮아' 하는 자존감과, '다시 잘할 수 있어' 하는 긍정적인 생각이다. 이 둘 중의 하나만 가지고는 강한 회복 탄력성을 가지기 어렵다. 성공한 사람들은 대부분 강한 회복 탄력성을 가지고 있다. 대부분 자존감이 높은 사람이 긍정적인 마인드를 가지고 있다. 자존감, 긍정적 마인드, 회복 탄력성은 서로 떼려야 뗄 수 없는 관계이고 어느 것이 먼저라고 할 수 없는 유기적 관계이다.

　나는 두 딸에게 거의 십 년간 바이올린을 가르치고 있다. 어렸을 때 너무나 하기 싫은 피아노를 억지로 배웠던 기억이 있다. 그렇게 7년이나 고생해서 배웠는데 취미, 혹은 특기라고 내세울 만큼 잘하지도 못하는 최악의 상황이다.

　나는 딸들이 어렸을 때 악기를 즐겁게 배우길 원했다. 그리고 나중에 취미, 특기로 당당하게 내어놓을 수 있는 실력을 갖추길 원했기 때문에 5세부터 갖은 선물 공세로 십 년 가까이 가르쳤고 지금은 특기라 내세울 만큼 잘하니 성공했다고 할 수 있게 되었다.

　만약 악기를 배우면서 100곡을 익혔다고 해보자. 이것은 100번의 슬럼프와 고난을 마주하고 그것을 이겨냈다고 볼 수 있다. 시작할 때는 실력이 없어서 힘들었지만, 오래 배우면 실력이 좋아도 곡이 어려워서 매번 힘들다. 한 곡을 완성하면, 그것을 이겨내고 성취한 것이다.

　성취감도 느끼고, 손에 익힌 곡을 여기저기서 연주하며 긍정적 평가를 받게 된다. 그렇게 도전정신, 어려움을 극복하는 마음, 인내심, 긍정적인 피드백까지 완벽하게 회복 탄력성의 성장을 경험한다. 내가 배울 때는 몰랐지만, 아이들을 가르쳐 보니 알게 된 음악교육의 중요성이다.

운동도 비슷한 과정을 겪는다. 그리고 강한 정신력을 가지게 된다. 왜 운동의 중요성, 음악교육의 중요성을 강조하는지 아이를 키워보니 알게 되었다. 미술교육은 약간 다른 특성이 있는 것 같다. 미술은 운동과 음악과 달리, 창의력과 자기 표현력, 세상을 인식하는 감각을 발전시키는 것 같다.

음악교육 과정을 살펴보면 자존감과 회복 탄력성이 강화되는 과정을 알 수 있다. 결국은 위기극복과 성취를 반복적으로 겪으면서 성장하게 되는 것이다. 이것을 얻으려면 끊임없는 연습과 인내가 필요하다. 어떻게 해야 하는지 알고 있고, 가장 쉬워 보이지만 가장 어려운 일처럼 느껴지게 된다. 딸들이 성장한 어느 날, 딸들은 높은 자존감과 특기하나를 장착하게 되었을 때쯤, 나는 자존감이라는 것에 대하여 알게 되었다.

자존감과 회복 탄력성은 튼튼한 나무가 아니다. 멀리서도 잘 보이고, 누가 봐도 알 수 있는 거대한 나무도 아니다. 이들은 들판에 자라는 갈대와 같다. 눈에 잘 보이지 않고 어디 있는지 모른다. 강가에도 있고, 벌판에도 있지만, 자세히 살펴보아야 발견할 수 있다. 그리고 태풍, 강풍에 부러지지 않는 강인한 생명력이 있어, 이리저리 휘둘리더라도 자신의 모습을 지키며 살아간다.

　자존감과 회복 탄력성을 얻으려면 고난과 어려움을 이겨내고, 인내와 끈기를 가지고 끊임없는 훈련을 해야 한다. 우리 중 누가 이것을 얻을 수 있을까. 일단 나는 아니다. 나는 인내와 끈기도 없고 지구력은 더더욱이나 없다. 내가 가진 것은 집중력과 활활 타오르는 열정이다. 내가 느끼기에 너무나 정반대로 느껴지는 특성이었다.

　그러나 지금의 나는 자존감도 높고 회복 탄력성도 가지고 있다. 어떻게 얻을 수 있었을까? 뜻밖에 우리는 간단하게 두 가지를 획득할 수 있다. 그것은 바로 단지 생각하는 방법만 살짝 바꾸면 쉽게 얻을 수 있는 것들이다. 하지만 이 방법의 단점은 조금이라도 잘못 바꾸면 쉽게 사라질 수도 있다. 나는 이 생각하는 방법을 훈련하여 이제 거의 사라지지 않는 자존감과 회복 탄력성을 장착하게 되었다.

　얼마 전에 딸들과 그녀의 친구들을 데리고 고양시에 놀러 갔다. 그런데 갑자기 쇼핑센터 지하에서 차가 고장 나서 시동이 안 걸렸다. 고양시는 우리 집과 정반대의 도시였기 때문에 십 년 만에 처음 가보는 곳이었고, 처음으로 딸의 친구를 내 차에 태운 날이기도 했다. 트렁크에는 짐이 산더미처럼 쌓여있었지만, 어쩔 수 없이 딸들을 데리고 지하철을 타고 두 시간이나 걸려 집으로 돌아와야 했다. 이때 나는 생각했다. '아! 드디어 차가 수명이 다했구나. 신께서 나에게 새 차를 선물

하시려나 보다.'

내가 대학입시를 보고 지망했던 통계학과에 떨어지고 화학과에 붙었다. 주변에서 '화학과에 가서 무엇을 하려고 하냐, 취직도 안 될 텐데.' 등등 끝도 없는 부정적인 말들을 쏟아냈다. 그러나 나는 '어디에 쓰이려고 화학과에 붙었겠지.' 생각했다. 물론 나는 화학과에서 머물러 있지 않기 위해 무던히 노력했고, 다시 치과의사가 되었다. 아마도 통계학과를 나왔으면 바쁘고 잘나가는 회사원이 되어 있었을 것이다.

'세상만사 새옹지마'라고 한다. 지금 내 눈앞에 생긴 일들 때문에 내가 겪은 어려움이 꼭 안 좋은 일이라는 법은 없다. 성공을 위한 발판이 될 수도 있다. 작은 생각의 변화로 자존감과 회복 탄력성은 쉽게 얻어질 수 있다. 기억해야 할 점은, 세상에 좋고 나쁜 일이 특별히 없는데 절망하고 포기하지 말아야 한다. 그냥 훌훌 털어버리고 성공을 향해 나아가면 되는 것이다.

세상에 대한 넓은 시야를 가지고 먼 곳을 바라보자. 눈앞의 작은 사건들에 집착하지 말자. 멀리 내가 도달해야 할 높은 산을 보고 걸어가자. 지금 내가 걸려 넘어진 작은 돌부리는 아무것도 아닌 작은 일이다. 히말라야산맥을 향해 가는 사람이 작은 돌부리에 걸려 넘어졌다고 포기하는 일은 없지 않겠는가?

자존감, 회복 탄력성 이런 것은 거대하고 대단한 것이 아니다. 그냥 골목길에서 돌부리에 걸려 넘어졌을 때 훌훌 털고 일어날 수 있는 힘이다. 우리는 어려운 일을 당해도 똑같이 벌떡 일어설 힘을 가지고 있다. 그것은 그냥 작은 돌부리임을 명심하자.

06
가짜 자존감을 경계하라

자존감은 쉽게 말해 자신을 사랑하는 마음이다. 이 마음은 나의 능력을 사랑하는 마음과 나의 가치를 소중히 여기는 마음으로 구성된다. 자존감은 내가 하는 나에 대한 평가에 많이 의존한다. 그러나 사회적 평가, 타인의 평가에도 많은 영향을 받는다.

우리는 자존감이 높다고 하면 능력과 가치에 대한 존중 두 가지가 균형 있게 발달해 있을 것으로 생각하지만, 현실은 나 자신의 능력에 대한 믿음이 두드러질 때 자존감이 높아지는 것처럼 보이기 때문에 우리는 무엇인가 멋진 것을 성취하고 나의 자존감이 높아지기를 바라고 도전하게 된다. 따라서 우리가 도전에 성공했을 때 우리의 자존감은 높아진다.

자신의 가치를 돌아보고 소중히 여기기보다는 재산, 학벌, 외모 등

보이는 것을 얻기 위해 지속해서 노력한다. 그리고 점점 자존감이 높아졌다고 생각한다. 물론 자존감은 높아진다. 그러나 성취에 의한 자존감은 실패로 쉽게 사라지게 된다.

실제로 우리를 지켜주는 것은 나의 가치를 소중히 여기는 마음이다. 세상에 유일한 존재인 나의 가치를 믿고 인정해주는 마음이 실패, 고난에 직면했을 때 우리를 위로해주고 지켜주는 것이다.

요즘 우리 사회에서 자존감은 점점 중요해지고 있다. 하지만 이 역시 능력주의, 물질만능주의, 스펙 위주의 사회 분위기를 역행하지는 못한다. 자존감을 높여 더 잘난 내가 되기 위해서 스스로 노력해야 한다. 자존감의 실체는 그런 것이 아니다. 우리는 보이지 않는 우리의 가치에 집중하는 자존감을 키워나가야 한다.

나는 치과의사이고 자존감이 높다. 사람들은 '치과의사니 당연히 자존감이 높지'라고 말한다. 치과의사가 된 성취에 중점을 둔 평가인 것이다. 실제로 내가 자존감이 높은 이유는 어려움을 극복한 과정에 있다. 내가 세상에서 유일한 존재이고 최고로 멋진 사람이어서 자존감이 높은 것이다.

나는 높은 자존감을 가진 여의사 K양을 어렸을 때부터 알았다. K양은 잘났다. 딱 봐도 잘났고, 파헤쳐 보면 더 잘났다. 그녀는 강남에서 태어나 우리가 들으면 아는 그런 유명한 중고등학교를 나왔고, 서울대 의대를 한 번에 붙었다.

그녀의 외모는 서울대 의대에서도 예쁘기로 유명했다. 감히 넘볼
수 없는 카리스마까지 지녔다. 본인이 도전하면 안 되는 일이 없는 듯
보였다. 본인의 내면에 어떤 상처가 있는지 우리가 알 수는 없다. 하
지만 겉보기에는 실패 한 적도 없고, 실패라는 걸 모를 것 같다.

집안도 좋았다. 아빠는 대기업 임원이었고, 엄마는 이대 출신의 우
아함이 넘치는 엘리트 여성이다. 오빠들도 서울대 의대를 다녔다. 그
녀의 남편 역시 강남에서 중 고등학교를 나오고 서울대 의대를 들어
갔다. 남편의 집안도 똑같다. 남편은 키 크고 잘생겼으며 운동도 잘하
고, 집안도 부유하다. 그들에게는 부족함이 전혀 없는 것 같았다.

너무 뛰어난 둘이 만나 부족함 없이 살아가고 있는 듯 보였다. 하지
만 문제없는 집안이 없다고, 그녀의 집에도 문제가 없는 건 아니지만,
살아가는데 문제는 전혀 되지 않아 보였다. 그녀의 자존감은 하늘을
찌른다. 자존감인지, 자신감인지, 자만심인지 알 수는 없다. 하지만
그녀는 잘났고 아무도 그것을 부정할 수는 없다.

그녀는 너무 잘난 삶을 살아왔다. 우리 같은 평민의 삶은 이해하지
못했다. 그녀 앞에서는 한없이 작아지는 걸 느꼈다. 그녀는 진심으로
"왜 그런 남자와 결혼해?", "왜 그 동네 살아?" 이런 말을 스스럼없이
한다. 프랑스 시민혁명의 계기가 되었다고 알려진 마리 앙투아네트의
말이 생각난다. '빵이 없으면 케이크를 먹으면 되지!'

K양의 말이 어디까지 진심이고 어디까지가 잘난 척인지는 알 수가 없다. 하지만 주변 사람들은 상처를 입는다. 그녀의 행동과 말이 잘난 척이라고 생각해 본 적은 없다. 그녀는 속부터 밖까지 정말 잘났다. 그녀는 최고의 자존감까지 장착했을 것이다. 생각해보니 그녀의 부족한 점은 겸손이 아닐까 싶다.

나는 어느 날 유시민의 인터뷰를 봤다. 유시민은 문재인 대통령의 자존감에 대해서 이렇게 말한다. "문 대통령은 자존감이 엄청나게 강한 사람이다. 자존감이 강한 만큼 다른 사람에 대한 존중도 강하다. 그리고 상대방이 그걸 느끼기 때문에 사람들이 그의 앞에서 위축되지 않고 셀카도 찍자고 한다. 상대가 나를 존중하지 않을 거라는 예측이 있으면 경직된다. 우리는 본능에 따라 권력을 가진 사람 앞에서는 긴장하게 되는데, 그 사람이 나를 존중하는 사람이라는 확신이 들면 자연스러워질 수 있다."

진짜 자존감과 가짜 자존감이 있을까? 있다면 그 차이는 무엇일까? 자존감이라는 것은 그 사람의 총체적인 인격을 의미하는 것은 아닐까 싶다. 단순히 어떤 구성요소로 되어있다. 이럴 때는 이렇게 작동한다. 이런 것이 아닌 사람 그 자체를 의미하는 것 같기도 하다.

자존감이 높은 사람은 오감이 발달 되어있다. 다양하고 넓은 관점

49

으로 세상을 본다. 주위를 돌아보고 감각적으로 세상을 받아들인다. 사람들의 말이 아닌 행동이나 분위기로 판단을 할 수 있다. 다양한 정보처리능력이 있는 것이다.

따라서 상대의 분위기와 감정을 빠르게 파악할 수 있고, 공감 능력이 뛰어난 것이다. 이러한 공감 능력은 현실을 인정하는 용기, 꾸준한 자아 성찰, 빠르게 변하는 세상의 패러다임을 받아들이는 포용력에서 나온다. 좋다는 것을 다 모아 놓은 것이 자존감인가 보다.

K양이 자존감이 낮다고는 말할 수 없다. 하지만 그녀가 가진 자존감이 진정한 자존감이 아닌 가짜 자존감이라 불릴 수 있지 않을까 싶다. 그녀는 자기 자신만 바라보는 편협한 생각을 하는 것이다. 숲은 보지 못하고 나무만 보고 있다. 너무 잘나서 남을 돌아볼 필요를 느끼지 못하는 것일지도 모르겠다. 그런 것 없이도 사회에서 살아가는데 아무 지장 없는 인생을 계속 살아왔을 것이다.

대부분의 우리는 그녀처럼 잘나지 못했다. 부족함 투성이인 것이다. 우리는 가짜 자존감이 아닌 진짜 자존감에 의지해야 주변에서 K양같이 잘난 사람이 나에게 상처를 입히는 이 험난한 세상을 살아갈 수 있을 것이다.

나는 어렸을 때 그녀 때문에 마음고생을 많이 했다. 나보다 1~2년 앞선 삶을 살아가는 그녀는 항상 나에게 비교대상이었다. 비슷한 나이에 꽤 가까운 관계이고 자주 만났다. 아무도 나를 그녀와 비교하지 않았다. 하지만 그녀는 나에게 모든 것의 기준이 되어버렸다. 너무 높은 기준이 항상 내 앞에 존재하게 된 것이다.

나는 자존감이 매우 높아졌지만, 여전히 그녀와의 만남은 피한다. 아무리 자존감이 높아도 내 마음에 상처를 안 받을 수는 없다. 여전히 예상치 못한 공격을 당하게 된다. 그리고 나는 또 스스로 위로를 하며 회복한다.

우리는 가짜 자존감이 난무하는 사회에 살고 있다. 성과주의라는 분위기에 휩쓸려 사회 속으로 내몰리고 있다. 진정한 나 자신의 가치를 찾고, 외부의 공격으로부터 나 자신을 굳건히 지키자.

07

마음에도 방패가 필요하다

신은 인간을 만들 때, 육체와 정신을 주었다. 인간의 세상을 살아갈 수 있도록 육체, 몸을 만들었다. 그리고 신의 세상을 함께 할 수 있도록 정신, 마음을 만들었다. 몸이 활동하기 위하여 신체를 만들었다. 그리고 이 신체를 보호하기 위하여 면역체계를 선물로 주셨다.

마음을 표현하기 위하여 감정을 만들었다. 그리고 이것을 보호하기 위하여 신은 인간에게 무엇을 주셨을까? 그것은 바로 자존감이다. 자존감은 우리의 마음과 감정을 보호하는 장치이다.

예를 들어, 몸을 다치면 면역체계가 작동한다. 상처에 면역세포들이 모여들어 세균의 침입을 막는다. 이 면역체계에 이상이 생기면 간단하게는 감기로부터, 감염으로 인한 패혈증, 자가 면역 질환, AIDS

등 무수히 많은 병에 걸리게 된다.

　동일하게 마음이 다치면 자존감이 이를 방어하는 역할을 한다. 시험에 불합격, 사랑하는 사람과 헤어짐, 친구들과 다툼, 창피함. 등등 우리의 마음은 많은 상처에 노출된다. 자존감은 이 상처들을 위로하고 힘을 주는 역할을 한다. 이 자존감에 이상이 생기면 어떻게 될까? 우리의 마음은 병에 걸리게 된다. 우울증, 조현증, 공황장애, 편집증 등등 많은 정신질환에 노출된다.

　'건강한 신체에 건강한 정신이 깃든다.' 라는 말이 있다. 우리의 몸과 마음은 떼려야 뗄 수 없는 관계다. 작동원리도 비슷하고 같은 상황에서 똑같이 반응한다. 과도한 스트레스 상태에서는 몸의 면역기능이 현저하게 저하된다. 이 시기에는 자존감도 바닥을 친다고 표현할 만큼 저조한 상태가 된다.

　우리가 큰 성공을 하거나 행복한 상태에 있다면, 몸의 면역기능은 상승하고 몸의 상태는 좋아진다. 정신력 역시 세상의 모든 것을 헤쳐 나갈 수 있는 강인한 상태에 놓여있게 되는 것이다. 물론 몸과 마음이 꼭 일치하는 것이 아니다. 몸이 힘든 상황에서 정신력이 급격히 상승하는 경우도 있고, 반대의 상황도 있다.

　삶은 전쟁이라고도 한다. 하루하루가 고달프다. 고달픈 하루를 마치고 잠자리에 들면, 또 다음날 같은 고달픔을 맞이해야 한다. 끝나지 않는 전쟁이라 할 수 있다. 이 고달픈 하루 중에 우리는 얼마만큼의 행복을 느끼고 살아갈까? 나는 꽤 행복한 사람이다. 그래도 나 역시 하루 중 행복한 시간은 전체 시간 중에 10~20% 정도밖에 안 된다.

누군가 하루 중 어떤 시간을 가장 좋아하세요? 라고 묻는다면 나는 아침에 눈을 떠 아무도 방해하지 않는 새벽 시간을 좋아한다. 혼자 커피도 마시고, 책도 읽고, 가끔 음악도 듣는다. 이것이 내가 행복한 이유이다. 하루하루가 고달프고 전쟁이어도, 어떤 힘든 일이 있어도 나는 새벽에 눈뜨는 시간이 좋은 것이다.

하지만 출근 시간에 맞춰 허둥지둥 나가야 하는 사람의 하루는 행복할 수가 없다. 그 사람의 아침은 하루 중 가장 고통스러운 시간일 것이다. 전쟁터에 질질 끌려나가는 기분이지 않을까?. '새벽형 인간이 성공한다.' 라는 말이 있다. 이 말은 새벽에 특별히 많은 것을 해서가 아니다. 짧은 여유를 가지는 것으로 고통스럽지 않게 하루를 시작하는 것이다.

조금 빨리 일어나는 것이 처음에는 더욱 고통스러울 것이다. 전쟁의 고통을 두 배로 증가시킬 수도 있다. 그러나 아침에 커피 한잔의 여유로움을 알게 된다면, 새벽형 인간이 왜 성공하는지 알게 될 것이다. 단지 밤 시간을 새벽으로 옮겨놓는 절대적 시간의 개념이 아니다.

삶은 전쟁이라고도 한다. 당신의 전쟁은 지금 어떤 상태에 있는가? 이기고 있을까 아니면 지고 있을까? 나는 완패한 상태였었다. 그러나 지금은 작은 전쟁들에서 조금씩 이겨나가고 있다. 언젠가 나는 세상을 제패할 것이다.

세상의 전쟁에 나가는 무기는 용기와 도전이다. 이 무기를 잘 장착하고 있으면 전쟁에서 조금씩 이겨나갈 수 있다. 내 앞에 펼쳐지는 전쟁을 뚫고 나갈 수 있다. 용기와 도전을 장착하지 못했다면, 눈앞의 전쟁들을 자꾸 피하게 되고, 결국 내가 가는 길은 초라한 뒷길만 남게 될 것이다.

처음부터 고속도로 같은 대로를 갈 수는 없다. 작은 오솔길을 걷다가 적이 나타나면 무찌른다. 이렇게 끊임없이 앞으로 나아가다 보면 더 큰 적을 만나고 더 큰 길로 들어서게 된다. 작은 길에는 작은 적이 있고, 큰길에는 큰 적이 있다.

작은 도전이 쌓이고 쌓여서 큰 적 앞에 맞설 힘이 생기는 것이다. 내가 이길 수 있는 작은 적에게 도전하라. 그리고 이겨라. 이것을 반복하고 나아가는 것이 인생이다. 우리는 이 싸움에서 지는 것을 두려워한다. 그래서 자꾸 피하게 되는 것이다.

무기만 가지고 싸우는 전쟁은 없다. 우리는 좋은 무기만큼이나 좋은 방패를 가지고 있다. 이 방패가 자존감이다. 싸움에서 져서 처절하게 망가져 있을 때 자존감은 우리의 상처를 치유해준다. 다시 싸워 볼 힘을 주는 것이다. 도전과 성취로 우리의 무기는 점점 강해진다. 실패의 상처를 딛고 일어나는 것으로 우리의 자존감도 단단해지고 강해진다.

나도 많은 것에 도전하고, 많은 것에 실패를 해봤다. 과학자가 되기 위해 대학원에 가려고도 해봤다. 미국에서 치과의사가 되기 위해 도전도 했다. 건축에 관련된 공부를 하고 자격증에 도전해 보기도 했다. 지금은 아무 쓸모가 없어졌지만, 환경 관련된 자격증도 여러 개 있다.

하늘을 날아보려고 패러글라이딩도 해보고, 물속에 뛰어들어 수상스키도 배워봤다. 스키도 타보고, 골프도 쳐봤다. 배웠던 그 모든 것이 별 성과 없이 끝나기는 했지만 이러한 작은 도전들이 모여서 현재 내가 책을 쓴다는 큰 도전을 해볼 강한 용기를 가지게 된 것이다.

많은 다양한 것들에 도전해 보는 것은 크고 어려운 일은 아니다. 실패를 두려워하지 않고 도전하면 된다. 실패하면 나의 자존감이 잘 위로 해 줄 것이다. 사람들은 이 자존감의 기능을 믿지 못한다. 실패하면 어떻게 하지? 다른 사람들이 알면 어떻게 하지?

많은 것이 두려워 지면서. 다른 사람에게 부탁도 잘 못 하게 만든다. 어렵지 않은 부탁도 거절당할까 봐 못하기도 한다. 새로운 장소에 가는 것을 싫어하는 경우도 있다. 직장에서도 주어지는 일만 하면서 십 년, 이십 년 동안 그냥 같은 일만 하고 살아간다.

몸의 면역체계도 상처에 노출되고, 지저분한 환경에 노출되면서 점점 강해진다. 그런 외부 환경에 노출되어야 면역세포가 생성되는 것이다. 이것을 일부러 만들어 주는 것이 예방 접종이다. 면역체계가 발전하지 못하면 결국 면역결핍증에 걸리게 된다. 결국, 심각한 병으로 발전하는 것이다.

마음의 면역체계도 똑같다. 상처와 어려운 환경에 노출되면서 점점 강해진다. 미리미리 작은 실패들을 경험해봐야 자존감이 발달하게 되는 것이다. 절대 상처받지 않으려고 하고, 항상 칭찬만 받으며 살고 있다면, 언젠가 큰 위기가 왔을 때 우리는 무너지게 될 수 있다. 이러한 상태에서 우리는 우울증과 같은 헤어날 수 없는 마음의 병을 얻는다.

우리는 몸을 위해서 좋은 음식을 먹고, 운동한다. 좋은 몸매와 식스팩을 만들기 위해 PT도 받고 헬스장도 다닌다. 등산도 가고 마라톤도 한다. 그러나 우리는 우리의 마음을 단단하게 하려고 그 어떤 노력도 하지 않는다. 마음의 건강도 몸의 건강과 똑같이 중요한 것임을 기억해야 한다.

마음의 건강을 지키기 위해, 마음의 면역력인 자존감을 키우기 위해 어떤 노력을 해야 할까? 첫째, 작은 도전과 실패를 해본다. 둘째, 책을 읽고 명상을 한다. 셋째, 좋은 생각을 하는 훈련을 하고 행복을 연습한다. 넷째, 밝은 미소를 장착한다. 다섯째, 하루를 행복하게 시작해 보자. 아침 햇살을 받으며 세상의 기운을 온몸으로 받아보자. 마음의 힘은 저절로 커질 것이다.

08

진짜 나는 어디로 갔을까?

우리는 항상 자기를 소개하며 살아간다. 이때 너무나 뻔하고, 할 말 없게 만드는 질문들이 있다. '취미가 모예요?', '특기 있으세요?', 자기소개서 항목에도 항상 들어간다. 나는 평생 쓸 것이 없어 고민했고, 40이 넘는 이 나이에도 취미도, 특기도 별로 없는 사람이 되어버렸다.

우리 대부분은 이 칸에 독서, 음악 감상 같은 지금 당장 취미로 만들 수 있는 전혀 특징 없는 것들을 써 놓는다. 왜 나는 40년이나 살아오면서 남들에게 당당하게 말할 취미 하나, 특기하나 만들지 못했을까?

나는 정말 잘하는 것이 없는 사람일까? 내가 40이 넘어 알게 된 사실은, 무언가를 하려고 시작하면 잘한다는 점이다. 무엇을 배워도 남보다 엄청나게 빠르게 습득을 하고 익힌다. 모든 뚝딱뚝딱 잘 만든다. 남들이 상상하지 못하는 특이한 것들을 하고 있었다.

아이들이 조금씩 자라가면서, 나에게도 나만의 시간이 생기게 되어 운동을 시작했다. 수영을 배우는 데 내가 생각해도 정말 잘하는 것 같았다. 물론 빼먹지 않고, 근면 성실하게 열심히 하긴 했지만, 부모님의 돈으로 하는 것이 아닌, 직접 내가 번 돈으로 해서 더 열심히 하는 것일 수도 있다.

딸들이 바이올린을 배울 때, 잠깐 나도 같이 배웠었다.

"음악 쪽 일하셨어요? 어렸을 때 배우셨으면 전공해도 좋았겠어요." 선생님은 나에게 안타까움을 표했다. 나도 안타까웠다. 진즉 알았다면 훌륭한 취미나 특기쯤으로 가지고 있었을 수도 있었을 것이다.

난 어렸을 때 피아노 지진아였다. 피아노가 배우고 싶었던 엄마는 집안이 어려워 못 배우셨다. 그 피아노를 배우고 싶었던 갈망을 나에게 푸셨다. 나는 치기 싫은 피아노를 억지로 배웠다. 여러 번의 땡땡이로 결국 피아노 선생님은 집으로 오시기 시작했다. 그리고 노처녀 선생님은 내가 나타날 때까지 집에서 버티고 계셨다. 나를 기다리며 엄마도, 오빠도, 남동생까지 피아노를 배웠다. 나는 결국 공부한다는 핑계를 대고 초등학교 6학년 때 피아노를 그만두었다.

지금에 와서 드는 생각이지만, 나는 정말 피아노를 못 치는 아이였을까? 아니면 엄마의 갈망으로 시작한 피아노 때문에 생긴 선입견일까? 나는 후자일 것으로 생각한다. '내가 뭘 잘하는 게 있겠어.' 그 이후로 나는 쭉, 잘하는 것 없는 아이라는 이미지로 살아갔다.

나는 '잘하는 것 없는 아이' 인 나 자신이 싫었다. 제대로 하는 것 없는 아이였다. 우리 대부분은 이런 모습으로 살아간다. 나는 두 딸을 낳고, 5세부터 바이올린을 시켰다. '아무것도 잘하는 것 없는 나' 라는 모습을 아이들은 가지지 않기를 바랐다.

아이들이 많이 어려서 의식하지 못할 때부터 바이올린을 시켰다. 열심히, 즐겁게.

현재 나의 딸들은 취미치고는 꽤 괜찮은 연주를 할 수 있다. 특기나 취미란에 당당하게 적을 수 있는 장점이 있게 된 것이다.

나의 딸들이 바이올린에 재능이 있었던 것은 아니었다. 엄마인 나에 의해 훈련되어 재능이 만들어진 것이다. 절대음감도 생겨 어디에 나가서 무엇을 해야 할 일이 있을 때 당당히 '나 잘한다.' 라고 말할 수 있게 되었다. 또한, 오랜 시간 연습 덕분에 어려움을 이겨내는 법, 인내심 등도 덤으로 얻게 되었다.

진짜 나는 어디로 갔을까? 진짜 나라는 것이 있기는 한 것일까? 내가 가진 '나는 잘하는 것이 하나도 없어.' 라는 이미지, 우리 딸들이 '바이올린을 잘해.' 라고 생각하는 것. 둘 다 진짜 나는 아닐 수도 있다. 그러나 그것이 가짜 나는 아니다. 어릴수록 부모님의 영향을 크게 받고 이러한 선입견에서 헤어 나오지 못하게 될 수 있다. 그렇다면 진짜 나라는 것은 무엇일까?

진짜 나는 무수한 내면의 많은 나중에 선택된다. 부모님에 의해서, 학교 선생님, 또한 나 자신에 의해서 하나하나 선택된 것들이 모여 진짜 나가 되는 것이다. 태어날 때부터 정해져 있는 것이 아니라, 만들어 나가는 것이다.

'재능, 소질, 특기' 라고도 할 수도 있고, '꿈, 목표' 라고도 할 수도 있다. 이러한 모든 것이 진짜 나를 이루는 것들이다. 이것을 빨리 발견하고 이루어 나간다면 진정한 나를 빠르게 만들어 갈 수 있다. 우리는 이런 사람을 성공한 사람이라고 말한다.

우리는 자라면서 많은 부정적인 영향을 받고 자란다. 부모님, 친구들, 선생님들까지 우리가 무엇을 하려면 '할 수 있겠어? 그걸 뭐 하려 해!' 등등 종류도 셀 수 없이 많은 부정의 말들을 던진다. 우리는 점점 자신을 부정적 이미지로 만들어 가는 것이다.

또한, 우리 사회는 강점을 발전시키는 사회가 아니다. 못하는 것을 채워가는 것에 중점을 두는 사회다. 남들에 맞춰 내가 못하는 것을 더 열심히 하도록 한다. 학교에서는 항상 평균점수를 알려준다. 평균보다 낮다는 것은 뒤떨어져 있다는 것을 말한다.

우리는 못 하는 과목을 열심히 하여 평균을 높이기 위해 애쓰는 공부를 한다. 모든 관심이 못하는 것에 쏠려 있는 것이다. '진짜 나'는 남보다 잘하는, 나만의 것을 찾는 데 있다. 그러나 우리 사회는 남보다 뛰어나면 견제를 받는다. 남보다 튀면 안 되고 평범해야 세상 살아가기가 편한 것이다.

나의 '진짜 나'는 어디에 있을까? 항상 못하는 체육점수를 잘 받기 위해 연습을 했다. 못하는 그림 점수를 좀 더 받기 위해 열심히 했다. 잘하는 음악점수를 더 받으려고 노력한 적은 한 번도 없었다. 한때는 잘했던 글쓰기를 잘하기 위해 나는 아무 노력도 하지 않았다.

잘하는 수학은 그냥 놔둬도 잘했고, 못하는 영어, 국어를 잘하기 위하여 발버둥을 쳐야 했다. 결국, 나는 평생 못하는 것만을 계속 열심히 해왔다. 아무도 나에게 잘하는 것을 더 열심히 하라고 알려주지 않았다. 잘하는 것을 찾으려고 노력하지도 않았다. 나는 그렇게 점수에 맞는 대학에 갔고, 거기서 또 못하는 과목의 학점을 잘 받기 위해서 발버둥을 치다가 어른이 되어버렸다.

우리는 지금 당장 잘하는 것, 좋아하는 것을 찾아야 한다. 그리고 앞으로는 그것만 열심히 해야 한다. 더는 못하는 것에 나의 시선을 두지 말자. 그렇다면 나는 평생 그냥 간신히 평균만 하는 삶을 살게 될 것이다. 평균이라는 것, 평범하다는 것은 현대판 노예라 할 수 있다.

그냥 남이 주는 월급을 받으며 나의 시간을 회사에 종속시켜 살아가는 존재밖에 안 되는 것이다.

사오정(45세 정년), 오륙도(56세까지 직장을 다니면 도둑) 이런 말들이 현실로 나타나게 되는 것이다. 평생 평균을 쫓던 인생은 직장도, 월급도 정년도 평균을 위하여 노력하게 되지 않을까? '진짜 나'는 평균의 내가 아니다. 모든 과목 중에서 가장 잘했던 그 과목이 진짜 나이다. 그리고 나는 그것을 해야 한다.

나는 대학을 졸업하면서 이 평균 인생을 걷어차 버렸다. 나는 남들과 똑같은 평균적인 인생을 살기 싫었다. 나는 도전을 하였고 치과대학에 다시 들어갔다. 나는 전문직 여성이 되었다. 결과는 지금도 평균 인생을 벗어난 것 같지는 않다. 그래서 나는 또 새로운 도전을 한다.

어느 날인가 나는 평균을 벗어난 인생 궤도를 살아가고 있을 것이다. 나의 노력으로 나는 조금씩 평균에서 벗어나고 있기 때문이다. 지금 당장 평균 인생을 걷어차 버려라. 진짜 나를 찾아 도전해 보자. 나도 아직 '진짜 나'를 찾지는 못했다, 하지만 어느 날인가 찾아질 것이다. 그리고 나는 평균궤도를 벗어날 것이다.

체인지

Change
by studying yourself

CHAPTER
02

**남의 기준이
아닌
나의 기준대로
살아라**

세상에 유일한 상품인 나를
잘 가꾸고 포장하여 세상에 내어 놓아보자.
모든 사람이 멋지고 근사하다고
말하는 사람이 될 것이다.

01
나를 완전히 바꿀 필요는 없다

눈은 앞트임, 뒤 트임에 쌍꺼풀 수술. 코는 티 나지 않게 약간만 높이겠습니다. 턱은 살짝 돌려 깎아주고, 허리와 허벅지, 팔뚝에 있는 지방흡입을 하겠습니다. 가슴은 자연스러운 보형물을 넣어 조금 과하게 업 시켜 드리겠습니다. 완벽한 변화를 추구하십니까? 저희가 이루어 드립니다.

당신은 완벽한 변화를 원하는가? 어디가 가장 맘에 안 들고 변화하고 싶은가? 나는 긴 얼굴이다. 살짝만 짧아졌으면 좋겠다. 그러나 불가능하다는 것을 알기에 아쉽다. 내 주변에 턱 수술 말고, 다른 부분을 성형해본 사람들이 많다. 하려면 하루라도 젊을 때 하라고 권하고 싶다. 사십 대에 뱃살의 지방을 제거한 친구가 나에게 말하기 전까지 눈치를 채지 못했다. 역시나 가슴 수술한 친구에겐 미안하지만, 그냥 뚱뚱한 아줌마가 가슴까지 커진 것 같았다. 하지만 할 수 있으면 도전 해라. 외모를 변화시킬 수 있다는 것은 매력적인 일이다.

나는 어떠한 것이라도 변화에 도전하는 것을 응원한다. 멋지지 않은가? 물론 성형 미인이 아닌 성형 괴물이 되는 건 안타깝다. 그러나 본인이 예뻐지고 싶은데 아무것도 안 하는 것은 더 안타깝다. 다행히 수술이 무서운 나는 지금 나의 외모에 크게 만족하며 살고 있다.

외모뿐만 아니라 성격도 바꾸고 싶지 않은가? 나는 항상 외모보다는 성격을 바꾸고 싶었다. 아마도 외모는 이 모습이 나의 고유한 모습이라고 생각한 것 같다. 그러나 성격은 쉽게 변할 수 있고, 고유한 모습이 존재하지 않는다고 생각했다.

그러나 우리는 흔히 말한다. '사람은 절대 변하지 않는다.' 사십 평생을 살아보니 어느 정도는 맞고, 어느 정도는 틀린 것 같다. 변하는 사람도 있고, 변하지 않는 사람도 있다. 대체로 안 변하는 것 같다. 나에게 참 아니면 거짓으로 답하라고 요구한다면 나는 저 문장은 참이라고 답할 것이다.

그만큼 사람은 변하기 어렵다. 그 얘기는 나도 변하기 어렵다는 말이다. 나는 쑥스러움을 많이 타고 수줍음이 많은 아이였다. 지금도 내 안에 그 모습이 많이 있다. 다만 나이가 먹고 나 자신을 숨기는 기술을 더 많이 터득했다. 또 나를 잘 드러내는 방법도 많이 익혔다. 그렇게 세상에 적응해가며 나이를 먹는다.

나는 어렸을 때 자존감이 낮은 아이였다. 자존감이 낮으면 시야가 좁고, 융통성도 부족하다. 공감 능력도 떨어지고 열등감 때문에 질투심과 고집불통의 성향을 나타낸다. 대인 관계도 원만하지 못하고, 작은 일에도 전전긍긍한 성향이 조금 더 강하였다. 일반화의 오류는 항상 발생할 수 있다.

나는 중학교 때 우기기 대장이었다. 일상적으로는 융통성도 있고, 친구들과도 잘 지냈다. 그런데 한번 아니라고 생각되는 일이 생기면, 하늘이 두 쪽이 나도 아니라고 우겨야 했다. 한번은 체육 시간에 피구를 하고 있었다. 절친과 나는 반대편이었다. 내가 던진 공에 나의 절친이 맞는 걸 똑똑히 봤다고 생각했고, 나의 친구는 절대 안 맞았다고 우겼다. 그 친구도 아마 우기기 대장 아니었을까 싶다.

그 친구와 나는 상위권에서 성적을 겨루는 사이였다. 내가 조금 더 잘했던 기억이 난다. 아마도 그 친구는 나에게 열등감이 있지 않았을까. 그렇게 둘은 '맞았네, 안 맞았네' 하고 싸웠다. 그러다 친구가 선언했다. "그래 내가 맞은 거로 치자." 헉. 나는 뒤통수를 한 방 맞은 기분이었다. 결국. "야! 맞은 거면 맞은 거지 맞은 거로 치자는 모야!" 이렇게 우리는 서로 맞다고 우기다가 체육 시간은 끝나버리고 말았다.

꽤 오랜 시간 친하게 지내던 그 친구와는 그 이후로 서먹한 사이가 되고 그렇게 멀어져 갔다. 지금 생각하면 참 사소한 일인데 왜 우리 둘은 그렇게 서로가 맞다고 우겼을까. 어린 생각에 거기서 인정하면 나의 모든 것을 잃는 것 같았다. 그 사소함에 나의 전부를 건 것이다.

결국 우리 둘은 승자 없는 공동 패자였고, 둘 다 상처를 받았다. 둘 다 모든 것을 걸었기에 상처도 컸다. 그때는 몰랐지만 우리는 자존감에 상처를 받았다. 어렸고 자존감이 낮았기에 발생한 일이다. 나이가 들면서 이렇게 사소한 일에 나의 모든 것을 걸면 안 된다는 사실을 알게 된다.

자존감이 낮은 사람은 큰 그림을 보지 못하고 넓은 시야를 가지지 못한다. 생각보다 어른이 되어서도 이렇게 작은 것에 목숨을 걸고 달려드는 사람이 많다. 그런 사람을 만나게 된다면, 피하자. 어떤 사람들은 자신의 관계에서 발생한 사소한 일을 가지고 전속력으로 달려든다. 투우에서 황소가 달려드는 모습과 비슷하다. 우리는 살짝 한 걸음만 옆으로 비키면 된다. 굳이 그 황소와 맞서 싸울 필요는 없다.

나는 나를 바꾸고 싶었다. 한 번 꽂히면 앞, 뒤, 옆 안 보고 달려드는 성격을 고치고 싶었다. 그럴 때 어른처럼 우아하게 한마디만 해주고 사라지는 여유를 가지고 싶었지만 실패했다. 그건 나의 기본 성향에 열등감이라는 불까지 붙어 활활 타오른 것이었다. 사람은 노력한다고 쉽게 변하지 않는다. 지금도 한번 꽂히면 물불 안 가리고 달려든다. 다만 이제 조절능력과 숨기는 능력을 갖추고 있다.

우리가 변화를 시도하지 못하는 것은 매우 다른 모습이 되려고 하기 때문이다. 내성적이고 부끄러움이 많은 사람이 외향적이고 나서기 좋아하는 성격이 되고 싶어 한다. 이것은 불가능하다. 아무리 성형을 해도 큰 얼굴이 작아지지 않는다. 다만 예쁘게 다듬어서 좀 작아 보이게 하는 것이다.

우리는 완벽하게 다른 모습이 되려고 할 필요는 없다. 때때로 우리는 내가 원하는 모습으로 완전히 변화된 모습을 상상한다. 그러나 현실의 모습과 너무 달라서 어떠한 시도를 할 수가 없다. 중간에 가야하는 길이 보이지 않는 것이다. 길이 있기는 할까? 있을 수도 있겠다. 세상에 불가능이란 없으니까. 그 길이 보이는 사람은 기적 같은 변화를 체험할 수 있다.

나의 경험으로는 작은 변화도 어렵다. 한 걸음씩, 조금씩 변화하면 된다고는 하지만, 우리는 조금씩이 어떤 것인지 알 수가 없다. 한 걸음을 어떻게 걸으라는 거야? 어디로? 신발을 신고 걸어야 해? 맨발로 가도 되는 거야? 물어볼 사람도 없다. 나 역시도 어디로 어떻게 조금씩 가야 하는지 몰랐다. 그러나 어느 순간 나는 조금씩 길을 가고 있었다.

자존감을 키우기 위하여 뭔가 새롭고, 색다르고, 대단한 일을 하려고 하지 마라. 특이하고, 걸출한 일을 해서 우리가 변하는 것이 아니다. 그런 일은 꾸준히 할 수 없다. 왜? 세상에 그렇게 대단하고 새로운 일은 많지 않다. 우리가 변화하는 건 조금씩 꾸준히 한 방향으로 걸어나갈 때 바뀌는 것이다.

　그냥 일상의 일들을 똑같이 하는 것이다. 그러나 변화된 나의 모습을 상상하면서, 예전보다 조금 더 열심히 완성도 높게 성취하는 것이다. 그러다 보면 가끔 새롭고 색다른 일을 만나게 된다. 그 작은 새롭고 색다른 일을 또 예전보다 조금 더 열심히 완성도 있게 성취하는 것이다.

　아마 당분간은 우리의 행동이 지금까지 해왔던 일들의 반복, 되풀이에 지나지 않을 것이다. 그러나 당신의 변화된 모습을 상상하고 믿어도 좋다. 지금 조금 더 열심히, 조금 더 완성도 있는 노력이 당신의 변화를 일으키는 씨앗이 될 것이다.

　이렇게 우리의 삶은 조금씩 방향을 바꾸게 된다. 그리고 어느 날 우리는 상상했던 모습의 멋진 나를 만나게 된다. 어느 순간 나는 그런 내 모습을 만났다. 대단하고, 거대한 일을 하지는 않지만, 멋진 내가 되어 있었다. 누구나 할 수 있는 일이다. 믿어라. 당신의 변화를 내가 믿고 응원해 주겠다.

02

진짜 내 것이 아닌 것과 결별하다

고등학교 때 H라는 친구가 있었다. 그녀는 천재다. 공부, 성격, 외모, 모든 면에서 천재의 모습을 가지고 있었다. 우리는 고2, 고3 동안 친하게 지냈다. 그녀와 나는 공부 잘하는 아이들이 모이는 교장실 위의 도서관에 배정되었다. 그곳은 선생님께서 관리 감독을 안 하는 곳이었다. 우리는 땡땡이도 열심히 치며 즐거운 학창시절을 보냈다.

그녀는 천재답게 공부를 잘했다. 한 가지에 몰입하면 아무리 시끄러운 환경에서도 주변 소리를 하나도 못 듣는 집중력을 가지고 있다. 그냥 자기가 좋아하는 과목을 정말 잘하고, 못하는 과목은 버리는 스타일이다. 그래도 전교 십 등 안을 벗어나는 것을 본 적이 없다.

고2까지는 그렇게 전교 다섯 손가락 안에 들며 공부만 하고 살았다. 친구도 많이 없고, 노는 방법도 몰랐다. 그런데 놀 줄만 아는 나와 친구들을 만난 것이다. 도서관에 감독하는 선생님도 없으니 완전 물 만난 고기라 할 수 있었다. 고2 때 처음 친구들과 노는 것을 알게 된 것이다.

고3이 되어서 서울대 욕심이 가득한 선생님을 만났다. 이 선생님은 공부 잘하는 H를 서울대에 보내는 것이 목표인 듯 보였다. 천재성 가득한 H가 친구들과 휘둘려 놀러 다니는 것이 맘에 안 들었는지 담임 선생님은 H를 불러다 친구와 공부 중 한 가지만 선택하라고 강요를 했다. 아마도 이 선생님은 H가 당연히 공부를 선택할 거라 예상했나 보다. 그러나 H는 친구를 선택하고 고3 동안 공부는 접었다. 기본실 력이 있으니 모의고사는 잘 봤지만, 내신은 거의 전교석차 40% 정도 까지 떨어졌던 것 같다.

아무도 그녀를 제자리로 돌려놓을 수 없었다. 대입 원서를 쓸 때 그 녀는 담임이 원하는 서울대에 가기 싫어했다. 서울대를 피하고자 이 대 의대를 선택했다. 의대를 간다고 하면 아무도 말리지 못한다는 것 을 알았다.

그렇게 그녀는 자기와 전혀 어울리지 않는 의대에 진학하게 되었 다. 그녀는 얕고 넓은 공부를 할 수 있는 스타일이 아니었다. 몇 년이 지나고 나는 또 다른 이대 의대 친구에게 H의 소식을 들었다. H는 유 급을 당하고, 휴학도 하고, 결국 다시 학교에 나타나지 않았다고 한다. 지금 그녀는 어디서 무엇을 하며 살아가고 있을까. 그 당시 선택한 자기에게 맞지 않는 옷을 벗어버리고 멋지게 살고 있으리라 기대해 본다.

어렸을 때는 모든 결정을 부모님께 의존하게 된다. 부모는 아이들에게 선택권을 넘기려 하지 않는다. 아이는 미숙한 존재여서 부모가 바른 선택을 해줘야 한다고 생각하는 것이다. 그렇게 아이들은 선택권이 없이 자란다. 사교육이 발달한 요즘 부모가 짜 놓은 스케줄 안에 아이가 쏙 들어간다. 그 스케줄은 아주 적은 일부분을 제외하고 모두 엄마에 의해 짜인다.

아이들의 꿈도 어른들에 의하여 만들어지는 경우가 많다. 부모는 아이가 공부를 잘하고 좋은 직업을 갖기를 바라는 것이다. 물론 아이의 의견이 들어가지만, 부모가 원하는 학교, 직업 등을 은근히 강요하게 된다.

얼마 전 세미나에서 지인이 물었다.

"딸은 무슨 직업을 갖게 하실 거예요?"

"네? 딸의 직업을 왜 저한테 물어보세요??? 딸이 결정하는 건데."

나는 그 질문에 깜짝 놀랐다. 사람들은 아이들이 좋은 직업을 가지고 안정적인 삶을 살도록 부모가 도와야 한다고 생각한다. 그런 사고를 기반으로 아이들에게 어른의 사고를 주입하는 것이다. 안정적인 공무원,

의사, 판검사 등등. 아무도 아이들에게 "돈 잘 버는 사업을 해." 라고 말하지, "좋아하는 일을 해"라고 말하지 않는다. 이러한 어른들의 사고와 사회 분위기가 그렇게 많은 공시생을 만들어 내는 것이다.

공무원은 국가기관에서 일하는 사람이다. 과학자, 기자, 아나운서, 가수같이 어떤 특정한 일을 하는 사람이 아니다. 요즘 젊은 사람들은 되고 싶은 것이 공무원, 회사원이다. 아마도 이것은 본인이 생각한 진짜 자신이 하고 싶은 일이 아닐 확률이 높다.

많은 학생은 공무원이 되고 싶어서 9급 공무원 시험준비를 하고 있다. 9급 공무원이 뭐 하는 직업인데? 라고 물어도 지금 당장은 알 수 없다. 소방공무원, 경찰공무원과는 다른 것이다. 왜 공무원이 되고 싶은가? 직업이 안정적이어서, 연금을 받아서, 정년이 보장되어서. 이 모든 이유는 어른들이 좋아하는 이유이다. 젊은이들이 좋아하는 이유일 것 같지는 않다.

자기 자신에 대한 깊은 통찰이 필요하다. 내가 무엇을 좋아하는지, 어떤 사람인지, 어떤 특성이 있는지 파악해야 한다. 나 자신을 가장 잘 아는 사람은 나다. 만약 부모가 나보다 나에 대해서 더 잘 알고 있다면, 나에 대한 직무유기이다. 부모님은 본인의 관점에서 나를 아는 것이다. 본인이 보고 싶은 것을 골라서 보고, 원하는 것을 말한다.

우리 삶은 나를 아는 것에서부터 시작한다. 이것으로부터 꿈도 생기고, 원하는 직업도 알게 된다. 진짜 나를 찾아야 한다. 매일 어머니가 차려주시는 식사를 넘어 나 자신이 좋아하는 음식을 알고 찾아 먹어야 한다. 나 자신이 좋아하는 옷 스타일을 찾아서 입어야 한다. 내가 좋아하는 음악을 듣고, 내가 좋아하는 책을 읽어야 한다.

세상이 정해 놓은 나의 모습, 부모가 정해 놓은 나의 모습이 아닌 진정한 나 자신을 찾아야 한다. 지금까지 알고 있는 나의 모습은 '진짜 나'가 아닐 수도 있다. 이 가짜 나는 저 멀리 던져버리자. 진짜 나를 찾아와 장착하자.

나의 친구 H는 과거의 자신을 버렸다. 진짜 자신을 위해 떠난 것이다. 지금 어디에서 진정한 자신을 찾아 잘살고 있을 것이다. 나도 여러 번 과거의 나를 버리고 새로운 나를 찾아 떠났다. 지금은 진짜 나를 찾았을까? 그건 나도 잘 모르겠다.

불혹의 나이가 되어도 진정한 나 자신을 잘 모르는 것을 보면 '진짜 나'를 찾는 일이 쉬운 일은 아니다. 진정한 나를 찾아다니는 여행이 인생 그 자체이다. 그렇다면 더더욱 열심히 진정한 나를 찾아야 하지 않겠는가.

문제의 시작은 나 자신을 잘 모른다는 것이다. 무엇을 잘하는지, 무엇을 좋아하는지 잘 모른다. 내가 잘할 수 있는 것과, 좋아하는 것을 구분하지 못한다. 내가 할 수 있는 일과 내가 할 수 없는 일이 무엇인지 잘 모른다. 이것을 아는 것에서부터 문제 해결의 실마리를 찾을 수 있다.

나는 잘하는 것, 좋아하는 것을 모른다. 그러나 나는 할 수 있는 것과 못하는 것의 구분은 잘한다. 나는 잘하는 것을 찾지 못했고, 좋아하는 것도 알지 못했다. 그냥 눈앞에 어떤 사건이 나타났을 때 할 수 있는 일인지, 못 하는 일인지 구분을 귀신같이 잘한다. 내가 할 수 있는 일은 이렇게 글을 쓰는 일이다. 내가 못 하는 일은 병원을 홍보하는 일이다.

나는 이렇게 진정한 나를 찾아가고 있다. 새로운 일들을 만나고 할 수 있는 일만 열심히 하고 살았다. 아직도 좋아하는 일, 잘하는 일은 모른다. 단지 나만의 방법을 찾고 이것을 잘 활용하여 열심히 살고 있다.

자신에 관한 탐구를 시작하자. 나는 어떤 사람인지 내면을 잘 들여다보아라. 나만이 알 수 있고, 나만이 찾을 수 있다. 좋아하는 것, 잘하는 것을 쉽게 찾는 사람도 있고 나같이 못 찾는 사람도 있다. 그것을 못 찾았다고 아무것도 안 하고 있으면 안 된다. 무엇인가 시도하고 도전하다 보면 그 무엇이라도 찾아진다. 대부분은 "아, 이건 내일이 아니구나" 하는 깨달음이다.

이렇게 한가지씩 제외하다 보면 나에게 맞는 것이 나타난다. 세상이 입혀 놓은 '가짜 내 것'의 옷을 벗어버리고 '진짜 내 것'을 찾는 연습을 하자. 그렇게 멋진 인생은 만들어진다.

03

예쁘지 않지만 괜찮아

우리나라에서 사람의 평가 기준 중 가장 중요한 요소는 스펙이다. 중요한 정도가 아니라 거의 전부라 할 수 있다. 처음 사람을 만나면 위아래로 쭉 훑어본다. 외모, 분위기, 꾸민 정도, 부유함 등을 판단한다. 그리고 질문을 하게 된다. 어느 학교 나오셨어요? 직업은 모에요? 어느 동네 사세요? 모든 부분이 스펙에 해당하는 내용이다.

성격이 어떠세요? 좋아하는 건 모에요? 사랑하는 사람이 있나요? 등등 스펙 이외의 질문을 하는 경우는 거의 볼 수 없다. 아마 첫 미팅 장소에서는 스펙 이외의 질문을 한다. 처음부터 스펙을 물어보는 건 예의가 아니라 생각하는 것이다. 왜 스펙을 그렇게 중요시하면서 그것을 직접 물으면 예의가 아니라고 생각할까? 그것이 자존감 부족의 문제 중 일부가 아닐까 싶다.

사람들이 가장 중요시하는 스펙 중 하나는 외모다. 책만 찾아봐도 〈외모지상주의〉, 〈외모는 자존감이다〉, 〈왜 10대는 외모에 열광할까?〉 〈외모지상주의의 역설〉 아주 끝도 없이 많은 책을 찾을 수 있다. 예전에는 일본이 성형 대국이었다. 하지만 지금은 우리나라가 성형 대국, 성형 공화국으로 불릴 만큼 규모와 실력 면에서 우수하다. 외국인들이 성형수술을 하러 우리나라에 많이 오고 있다.

외모는 왜 가장 중요한 스펙 중 하나가 되었을까? 이것은 타고난 선천적 조건이다. 다른 스펙들은 성실과 노력으로 얻을 수 있다. 반면 외모는 그 변화에 한계가 있다. '본판 불변의 법칙'이라는 말도 있지 않은가. 성형수술에도 변화의 한계가 있는 것이다.

외모가 스펙에서 중요한 역할을 하는 만큼 우리의 자존감에도 큰 영향을 미친다. 우리나라의 자존감 형성에 스펙이 가장 큰 몫을 차지하고 있기 때문이다. 특히나 남성보다는 여성이 외모 의존도가 높다. 대한민국에서 못생긴 여자로 살아가기는 쉽지 않다.

나 역시 못생긴 여자다. 자존감이 높은가? 현재는 못생김을 인정하고 비교적 높은 자존감을 유지하고 잘살고 있다. 하지만 어렸을 때부터 항상 외모 컴플렉스에 시달렸고, 현재 진행 중이다. 공부는 잘하게 생겼다. 외모 보니 열심히 공부해야겠다. 이런 말을 아무렇지 않게 하는 곳이 우리 사회인 것이다.

　나는 태어나는 순간부터 외모 콤플렉스에 시달렸다. 나에게는 매우 예쁘게 생긴 오빠가 있었다. 매우 예쁜 오빠 밑의 못생긴 딸로 태어났다. 아들, 딸이라고 하면 사람들은 오빠는 딸로, 나는 아들로 생각했다. 아직도 듣는 얘기라 이제는 별 감흥도 없다. 평생 귀에 못이 박이도록 들은 얘기가 못생겼다는 얘기였다. 좀 커가면서 가장 많이 들은 말은 "그렇게 못생겼더니 못난이 많이 예뻐졌네."였다. 그렇다고 그들이 내가 예쁘다고 생각했을까? 여전히 못생겼는데 덜 못생겨졌다는 정도였다.

　우리 부모님께서 날 못생겼다고 말하는 건 주변 사람보다 더 심하면 심했지 덜하지 않았다. 엄마는 항상 내 눈이 보이지도 않을 만큼 작다고 말했다. 중, 고등학교 때 선생님께서 꼭 쌍꺼풀 수술을 해주라고, 했다는 말을 아직도 하신다. 그리고 본인이 쌍꺼풀 수술을 해주어서 그나마 내가 이 정도로 살고 있다고 생각하신다.

　나의 대입 시험이 끝나자마자 처음 한 일이 성형외과에 가서 쌍꺼풀 수술을 해주신 일이었다. 외모에 별생각도 없고, 부모님 의견에 거절할 능력도 없었던 나는 쌍꺼풀 수술을 당했다. 그리고 부자연스러운 쌍꺼풀 때문에 외모 콤플렉스는 조금 더 심해졌다고 할 수 있다.

　원래 그랬는지, 오래된 외모 콤플렉스 때문인지는 모르겠다. 어쨌든 나는 외모에 민감한 편은 아니었고, 꾸미는 것도 좋아하지 않았다.

외모 콤플렉스가 있지만, 그것이 결정적인 악영향을 미칠 정도는 아니었다. 정말 부자연스러운 쌍꺼풀을 가지고 아직도 잘살고 있으니 불행이라 해야 할지 다행이라 해야 할지 모르겠다. 이제 부모님으로부터 딸로 넘어가 딸에게 놀림을 당하는 처지가 되었다. 그간 자존감이 많이 높아져 쌍꺼풀 수술로 장난도 치고 농담도 한다. 그러나 케케묵은 마음의 짐이 없다고는 할 수 없다.

대학교때 엄마와 백화점에 갔다. 옷을 사려고 입어봤다. 직원은 옷을 팔아야 하니 너무 잘 어울린다고 칭찬을 열심히 했다. 그때 엄마의 반응이 아직도 잊히지 않는다. "목 밑으로는 봐줄 만 해요." 그 이후로 내 속에 나의 외모에 관한 판단은, 목 아래가 괜찮은 사람이었다. 그래, 나는 목 아래가 괜찮은 사람이다. 어쩔래. 뭐 이런 심정? 목 아래가 몸 전체의 80% 정도는 된다고 혼자 위로해본다.

키 작고 뚱뚱한 사람도 많다. 이런 사람들은 나같이 키 크고 늘씬한 사람을 부러워할 것이다. 그러나 내 마음속의 나는 '몸매가 멋진' 이 아닌 '목 밑은 괜찮은' 사람이었다. 그렇다면 나에게 예쁜 부분은 어디일까? 누군가 물었다. "가장 자신 있는 부위는 어디야?" 나의 가장 자신 있는 부위는 어디일까? 정답은 아무도 상상하지 못하는 "뒤통수"이다. 너무 동그랗고 아름다운 뒤통수 덕에 나는 절대 하늘을 보고 잠들지 못한다.

예쁜 연애인 조차도 외모 콤플렉스에 시달린다. 나는 외모로 상처를 받는 것은 많이 극복했다. 하지만 콤플렉스가 없다고 할 수는 없다. 그냥 내 쌍꺼풀이 이상해. 난 안면 빼고는 다 괜찮아. 별생각 없이 말할 수 있는 정도이다. 그리고 외모 비하나, 놀림에도 그냥 의연히 대처한다. 그냥 나를 통한 개그 소재 정도로 생각한다.

처음부터 내가 외모 컴플렉스가 없었겠는가. 나는 언제부터 내 외모를 개그 소재 정도로 생각하게 되었을까. 못생기고 특별할 것 없는 여학생이 인기가 있을 리 만무했다. 친구도 많지 않았다. 못생긴 사람의 장점인 좋은 성격을 이용하여 적은 수의 절친과 소통하며 학창시절은 조용조용 보냈다. 못생긴 사람이 이 거친 세상에 살아남으려면 무엇인가 나름의 전략이 있어야 했다.

내가 못생긴 나의 얼굴을 위해 한 일은 열심히 웃는 것이었다. '웃는 얼굴에 침 못 뱉는다'라는 속담도 있지 않은가. 그냥 못생긴 나의 얼굴을 위해서 어렸을 때부터 열심히 웃었다. 웃음 속에 못생김을 숨겨버렸다. 사소한 일에도 활짝 웃고, 정말 재미없는 농담에도 열심히 웃었다. 나의 열렬한 웃음에 친구들의 유머코드가 다 망가진다고 구박도 많이 받았다.

나는 그렇게 외모지상주의의 세상에 살아남았다. 내가 중학교 때 이후로는 못생겼다는 말을 들은 기억이 별로 없다. 어렸을 때 그렇게 지겹게 듣던 못난이라는 말이 어느 순간부터는 나와 어울리지 않는 단어가 되었다. 나는 '해맑게 웃는 아이' 로 새로이 자리매김했다.

'잘 웃는 아이' 는 예쁘다, 못생겼다 와는 전혀 다른 분류의 단어다. '예쁘다', '못생겼다' 가 모습을 표현한 단어라면, '웃는다' 라는 단어는 행위를 나타내는 단어다. 왠지 모르겠지만 '잘 웃는다' 라는 모습을 가진 이후에 외모에 대한 평가를 받아본 적이 별로 없다. 인상 좋다, 밝다, 그 정도 예쁘면 됐지. 이 정도 표현을 주로 듣는다.

미소, 웃음은 강력한 힘이 있다. 이 힘은 긍정의 힘이다. 우울함을 떨쳐버리는 힘이다. 우리는 어두운 표정을 짓고 있는 예쁜 사람을 좋아하지 않는다. 비록 못생겼지만 밝고 긍정적인 에너지를 가진 사람을 좋아한다. 아무리 힘들고 어려운 일이 있어도 밝은 미소는 그런 것들을 이겨내는 힘이 있다. 아무리 예쁘게 생겼어도 매일 투덜거리고 인상 찌푸리고 있는 사람은 아름답지 않다.

우리는 바꿀 수 없는 외모라는 스펙을 가졌다. 외모가 못생겼다고 절망하고 우울해할 필요는 없다. 어쩔 수 없는 외모에 에너지를 낭비하지 말자. 내가 가진 외모의 장점을 찾아서 사랑하자. 키 작고 뚱뚱하다면 귀여움을 강조하고 키워나가자. 나같이 키 크고 늘씬한데 못생겼다면, 몸매 자랑을 좀 하고 다녀도 된다. 본인이 생각하기에 이것도 저것도 다 없을 수도 있다. 그렇다면 열심히 웃자. 그러면 그냥 아름다워 보인다. 여성 개그맨들을 못생겼다고 싫어하는 사람은 없지 않은가.

우리는 예쁘지 않아도 잘 살 수 있다. 나는 정말 못생겼는데 지금껏 결혼하고 예쁜 두 딸 낳고 잘살고 있다. 못생기고 예쁜 것이 중요한 것이 아니다. 그것을 받아들이는 마음이 중요한 것이다. 인정하고 나의 개그 소재로 삼아라. 잘 웃어라. 그러면 외모 평가를 초월하는 유머 감각 있는 밝은 사람이 된다.

거울을 보고 정말 맘에 드는 곳을 찾아서 사랑해주자. 나는 여전히 동글동글한 나의 뒤통수를 가장 사랑한다.

04

자기의 약점을 인정할 수 있는가

자존감은 자신감과는 다르다. 자존감은 '나 잘
남'이 아니라, '나 괜찮음'이다. 내가 멋지고, 잘나고 뛰어나고 모든
것을 잘할 수 있다는 것은 자신감이다. 자존감은 좀 못해도 괜찮고,
다음에는 조금 더 잘할 수 있다고 나를 인정해주는 마음이다. 그래서
자존감은 나에 대한 인정으로부터 시작된다.

나의 장점, 멋진 모습, 자랑스러운 것에 대해서 인정하기는 너무 쉽
다. 그것은 내가 인정하지 않아도 세상이 알아준다. 이미 부모님과 주
변의 칭찬으로부터 그 부분에 대해 자신감이 있다. 칭찬도 이미 받아
봤고, 긍정강화 효과로 장점은 점점 발전한다. 어렸을 때 자신의 장점
이 빨리 발견되고 강화된 사람은 자존감이 높은 편이다.

하지만 나를 포함한 많은 사람은 어렸을 때 풍부한 칭찬을 접하고

살지 못한다. 항상 부모님의 질책을 온몸으로 받으면서 자랐다. 태어나면서부터 못생겼던 나는 칭찬을 받은 기억이 별로 없다. '예쁘다, 귀엽다, 사랑스럽다.' 이런 칭찬을 받는 시기를 우리는 너무 어려서 기억도 못 한다. '못난이'의 대표 주자였던 나는 그런 칭찬조차 받아보지 못했다.

미운 일곱 살. 대부분 이때부터 우리의 기억은 시작된다. 어떻게 칭찬을 들었겠는가. 아주 특별한 몇몇 부모님은 예외로 하자. 항상 문제를 일으키는 아이에게서 장점을 발견하고 칭찬할 여유가 있었을 턱이 없다. 두 딸을 키우는 나 역시 긍정적인 말보다는 부정적인 말이 먼저 나가는 건 어쩔 수 없다. 수시로 싸우고, 엎지르고, 다치고 사건 사고의 연속이다. 양육의 삶은 의식주를 해결하고, 사건 사고를 수습하기에도 너무 바쁘다.

대부분 우리는 이렇게 낮은 자존감을 가지고 있다. 세상에 위축되어있고, 어떤 행동에 대한 부정강화 효과만이 학습되어 있다. 부모님께 혼나는 것이 일상인 우리가 행동에 자신감이 있기를 기대하는 것은 무리 아닐까.

자존감은 나 자신을 사랑하는 것이다. '지금부터 너 자신을 사랑하는 거야. 그러면 자존감이 올라가. 눈앞의 일들에 도전해봐. 실패해도 괜찮아.' 이렇게 외친다고, 한없이 낮아진 자존감이 올라갈 수 있을까. '그래, 나 자신을 사랑하자. 난 정말 괜찮은 사람이야.' 외침은 한

낯 공허한 메아리에 지나지 않는다. 내 마음 깊숙한 곳에 여전히 나에 대한 불신이 가득 차 있다면. 내가 나를 믿을 수 없을 것이다.

　나 자신의 약한 마음을 드러내고 위로해 주어야 한다. 항상 상처받 았던 나의 단점들을 꺼내서 잘 닦고 다시 장점으로 만들어 주어야 한 다. 세상에 모든 일에는 장단점이 있다. 단점만 있는 일들은 없다. 이 일은 전적으로 나만이 할 수 있고, 내가 나를 사랑하기 위하여 내가 해야 하는 일이다. 이 일은 '나 자신을 사랑하기'의 시작이다.

　나는 어렸을 때부터 신기하고 새로운 일을 좋아했다. 눈앞에 새로 운 일이 나타나면 불나방처럼 뛰어들어 매진하는 열정을 보였다. 그 러나 나에게 지구력이라는 재능은 주어지지 않았다. 불나방처럼 뛰어 들어 열정을 불태우고, 사그라져 버렸다. 열정을 불태우는 기간은 짧 은 불나방이 불에 뛰어들었는데 얼마나 살 수 있겠는가.

　나는 그렇게 신기하고 재미있는 일들을 쫓아다녔다. 이에 부모님은 항상 말씀하셨다. "또 뭘 하려고, 얼마 하다가 그만둘 거면서 그냥 가 만히 있지?" 내가 지금까지도 부모님에게 듣는 말이다. 나의 확정적 이미지는 '시작은 있고 끝은 없다'이다. 나의 행동 패턴이 쌓이고 쌓 여 나에게 만들어진 이미지이다. 성인이 되기 이전에 이미 이런 이미 지를 가지고 있었으니 가정에서 형성된 이미지일 것이다. 완벽한 부 정적 이미지 그 자체이다.

나는 화학과에서 의대 쪽으로 방향을 바꾸려 했다. 부모님은 "그 열정을 지금 일에 쏟으면 성공할 수 있어, 또 무엇을 새로 하려고!" 이렇게 말씀하셨다. 그러나 나는 도전했고 또 멋진 치과의사라는 삶을 살게 되었다.

나는 성인이 되고 정신적으로 부모님으로부터 독립했다. 그리고 나는 나 자신의 부정적 이미지인 '시작은 있고 끝은 없다'를 꺼내어 나자신을 살펴보았다. 요리조리 돌려보고 분해를 했다 다시 만들기를 반복했다. 이쪽 면에서도 보고 저쪽 면에서도 보았다.

그 시절의 나는 시작만 있고 끝이 없는 사람이 맞았다. 그러나 나는 초등학교, 중학교에 다니는 어린 나에 불과했다. 단지 10대 초반의 어린아이였다. 나에게 덮어 씌어 있던 부정적인 이미지는 그 시절의 어린이에게 꼭 필요하고 아주 중요한 인생을 배우는 방법이었다.

나는 나의 단점, 부정적 이미지를 꺼내서 인정해 주고 난 후, 나는 알게 되었다. '나는 이렇게 별로인 사람이었구나'라고 생각했던 단점이 너무나 큰 장점으로 다가왔다. 나는 항상 새로운 것을 찾고 인생의 기회에 도전할 줄 아는 열정을 가진 사람이었다.

또 그 열정의 끝이 아무것도 없이 끝나면 어떤가. 세상의 모든 도전의 결과가 성공이 아니라는 것은 우리가 모두 아는 사실이다. 도전하는 모든 일에서 성공을 한다는 것도 이상하지 않을까? 어렸을 때 수영을 배우면 김태환이 되고, 피아노를 배우면 조성진이 되어야 한다면 인생을 살아갈 수 없을 것이다. 이것도 배우다 말고, 저것도 배우다 말아야지 인생의 다양한 경험을 하고 앞으로 나아갈 수 있다.

많은 개그맨은 못생겼다. 못생김을 떠나서 아주 이상하게 생긴 사람도 있다. 어떻게 저렇게 생길 수 있지? 내가 저렇게 생겼다면 집 밖에도 안 나왔을 것 같은 외모도 있다. 하지만 그들은 그것을 장점으로 인식하고 상품화시킨다. 그리고 그것으로 돈을 버는 것이다. 나보다 훨씬 많은 돈을 벌고, 훨씬 유명한 사람이 되어있다.

난 너무 못생겨서 사람들이 싫어하는 거야. 난 너무 뚱뚱해서 안 돼. 난 하체 비만이라 멋지게 살 수 없어. 외모 비하를 언급하자면 끝도 없다는 것은 말할 필요도 없다. 그러나 여기서 멈추면 안 된다. 이것을 장점으로 바꾸어야 한다.

부끄러움, 수줍음은 우리 대부분을 힘들게 한다. 나도 지금은 여기저기에서 적극적이고, 처음 보는 사람에게 친근감 있게 말도 잘 건다. 앞에 나가서 말하는 것도 많이 힘들어하지 않는다. 그러나 이렇게 된 건 불과 몇 년밖에 안 된다. 나의 학창시절 대부분은 구석에 처박혀 있는 조용한 모습이다. 학교에 있는지 없는지 존재감 없는 학생 중 하나였다.

정말 외향적인 성향 일부를 제외하고 이런 어려움을 겪지 않는 사람은 없다. 아마도 외향적인 사람도 혼자 버텨야 하는 성격의 어려움이 있을 것이다. 나는 한 번도 그런 사람이 되어본 적이 없어서 알 수는 없다. 그냥 나의 조용한 성격, 부끄러워하는 모습을 인정하자. 그에 어울리는 모습으로 세상을 살아가면 된다. 나는 조용히 구석에 처박혀 책을 읽거나 조용한 친구와 오순도순 시간을 보냈다. 덕분에 나는 깊은 사고능력을 기를 수 있게 되었고, 진실한 친구를 얻었다.

사회에 나와서도 그런 성격이 삶을 살아가는데 쉽지는 않다. 그러나 나와 다른 모습으로 세상을 살아갈 수는 없다. 억지로 만든 나의 모습으로 살아가는 것에는 한계가 있다. 초반에 발전하는 듯 보이나, 결국은 그 발전이 역행할 수밖에 없다.

나는 어렸을 때 친척 집에서 밥을 달라고 못 해 밥을 굶은 적도 있을 만큼 수줍음이 많았다. 나 자신의 수줍음을 인정하고 한 걸음씩 나아가자. 그러면 조금씩 다양한 경험을 하고 발전한다. 어느 날 외향적이고 당당한 나를 발견할 것이다. 내가 변한 것에 큰 노력을 들인 것이 아니다. 세월과 경험이 나를 조금씩 발전시켜준 것이다.

나의 단점을 꺼내어 인정하자. 그리고 그 단점을 잘 살펴보아라. 이쪽으로도 보고 저쪽으로도 보고. 엎어 치고 매치고. 분해도 해보고 다시 조립도 해보자. 모든 단점은 단점이 아니다. 그것은 나의 가장 큰 장점이다.

단점으로서가 아니라 그냥 그 특성, 사실 자체를 인정하자. 그리고 그 특성이 가지는 여러 가지 면을 이해하고 파악하여 다시 나에게 가지고 오자. 지금 나는 수줍고 상처받은 내가 세상에 나아가는 커다란 무기를 발견한 순간이다. 이 무기를 마음에 장착하고 당당하게 세상으로 걸어나가자.

05

나보다 멋진 사람은 없다

멋지다는 것은 무엇인가. 당신은 세상에서 가장 멋진 사람인가? 이 대답에 '그렇다' 라고 대답했다면 이 책을 덮어 주기 바란다. 당신은 이 책을 읽을 필요가 없는 자존감 높은 사람이다. 나는 어떤 대답을 했을까? 나 역시 '그렇다' 라고 답했다. 그래서 나는 이 책을 쓰고 있다.

우리는 '멋지다' 를 외모적 근사함으로 생각한다. 적어도 나에 대해서만은 그렇다. 나는 정우성을 '멋지다' 라고 생각한다. 이것에 대하여 아무도 부정하지 않을 것이다. 나는 김병만 또한 '멋지다' 라고 생각한다. 이것에 대해서는 어떻게 생각하는가. 아마 이 부분에 대해서도 대부분 동의를 할 것이다.

우리는 타인의 '멋지다' 라는 것에 외모적인 면만을 말하지 않는다는 것을 안다. '멋지다'는 표현은 총체적인 표현이다. 즉, 한 사람의 외모, 분위기, 태도, 그 사람이 이루어 놓은 성과, 세상에 베푸는 활동 등 모든 것을 합친 표현이다.

당신이 생각하는 멋진 사람은 누구인가? 문재인 대통령, 김연아, 박나래, 강경화 외교부 장관, 윤여정, 강수진, 사라 장, 정우성, 김병만, 이낙연 총리, 김태환 등 내가 멋있다고 생각하는 사람들이다. 가까이는 우리 부모님, 나의 몇몇 친구들, 외할아버지, 열심히 애를 잘 키우고 있는 나의 올케들이 있다.

이 사람들은 모두 자신의 인생을 열심히 사는 사람들이다. 그리고 이 기준에 나 역시 포함된다. 나는 내가 생각하는 가장 멋진 사람이다. 일하면서 아이들도 잘 키우고 있고, 새벽에 일어나 자기 계발도 하고 있다. 사십 중반이 되어도 여전히 이십 대 때 입던 청바지를 입을 수 있고, 마크 저커버그와 유사한 옷장 구성도 가지고 있다. 퇴근 후 10분 만에 밥을 차리는 기술도 가지고 있다. 그리고 안 치운 더러운 집에서 잘 버티는 인내심까지 지니고 있다.

내가 멋진 사람이 아니라고 생각한다면 저것보다 더 많은 이유를 댈 수 있다. 굳이 설명하지는 않겠다. 나는 나의 안 좋은 면을 들여다보는 것을 좋아하지 않는다. 누군가는 이것을 위선이라 설명한다. 그런 사람은 그냥 나와 무관하게 당신의 삶을 살아라.

나는 거울을 봐도 목 밑만 본다. 왜? 나는 뒤통수와 목 아래가 멋진 사람이다. 그렇다면 나의 멋진 면만 계속 봐도 된다. 얼굴은 화장할 때 아주 잠깐만 본다. 나는 얼굴만 나오는 작은 거울은 잘 안 본다. 내가 보는 거울은 항상 전신 거울이다.

세상에서 내가 가장 멋진 사람이다. 이렇게 생각하는 사람이 흔하지는 않지만, 가끔은 있다. 일부는 '가장은 아니고 어느 정도는 멋지지' 이렇게 생각한다. 많은 사람은 '멋지긴 개뿔이 멋지냐' 이렇게 생각하지 않을까? 그들은 자신이 못생겨서 멋지지 않다고 생각할까? 아니면 인생을 열심히 살지 않는다고 생각할까?

우리나라 사람들은 대부분 더는 열심히 살 수 없을 만큼 열심히 산다. 우리는 근본 민족성이 부지런하다. 그리고 너무나 열심히 살고 있는데, 더 열심히 살려고 바둥거린다. 계속 부족하다고 느끼는 것이다. 얼마나 더 열심히 살고, 더 근사한 성과를 내면 멋진 인생이라고 말할 수 있는 것일까.

우리는 만족 결핍증에 빠져있다. 아무리 열심히 해도 부족함을 느낀다. 좋은 성과를 내어도 나 자신에게 만족하고 칭찬할 줄 모른다. 꼭 좋은 성과를 내어야만 하는가. 어떤 일을 시도했다는 사실만으로도 칭찬받아야 할 일이고, 만족해도 되는 것이다. 실패했거나 성과가 좋지 않아도 끝까지 해보았다는 이유만으로도 충분한 것이다.

그러나 우리는 좋은 성과를 내고 나서도, 더 좋은 성과를 못 낸 것에 대해서 자신을 탓한다. 만족이라는 것을 모르는 것이다. 우리가 모두 김병만처럼 달인이 될 수는 없다. 모두는 차치하고 거의 모든 사람은 그렇게 될 수 없다.

우리가 김병만처럼 달인이 된다면 자신을 칭찬하고 만족할 수 있을까? 내 생각은 '글쎄' 이 두 글자로 표현해 본다. 우리는 사회 전체가 만족 결핍증, 칭찬 결핍증에 빠져있다. 이것의 가장 큰 피해자들은 청소년들이다. 그들은 항상 비교당하고, 질책을 당하기만 한다. 만족, 칭찬 이런 풍요로운 감정이 완벽하게 결핍되어 있다. 어떻게 모든 사람이 전교 1등을 할 수 있겠는가.

우리는 자기 자신에게 너그러울 필요가 있다. 나는 친정 부모님과 바로 옆 아파트에 살았다. 워킹맘 딸을 가지고 있는 부모님 중에는 딸들의 생활, 육아를 돕는 분들이 많이 있다. 나의 부모님 역시 딸들을 10년 넘게 키워주셨다. 그러나 10년 넘도록 우리 집에 와 보신 건 급한 도움이 필요할 때 한두 번 빼고는 없다.

우리 엄마는 아직도 우리 집이 지저분하다고 잔소리를 하신다. 애 키우며 직장을 다니면서 집까지 깨끗하기를 바라는 건, 소녀 가장에게 전교 1등까지 하기를 바라는 것과 별반 차이가 없다. 그래서 나는 엄마의 잔소리를 귓등으로도 안 듣는다. 나에게 너무 높은 기준을 제시하면 안 된다. 포기할 것은 빨리 포기를 하자. 그래야 만족하는 삶을 살 수 있고, 나를 칭찬할 수 있다. 그리고 행복이라는 것이 내 인생에 찾아오게 된다.

아무리 주변 모든 일을 완벽하게 처리하여 최고의 성과가 난들, 나의 인생이 불행하다면 그 좋은 성과들이 무슨 소용이겠는가. 내가 집을 깨끗하게 유지하려고 이 인생을 사는 것은 아니다. 내가 살아가는 이유는 즐겁고, 행복하기 위해서다.

부모님들은 아이들에게 공부 잘하기를 강요하고, 좋은 성적 내기를 원한다. 시험을 못 보면 혼을 낸다. 그 아이들이 살아가는 이유가 공부를 잘하는 것인가? 공부는 성인이 되었을 때 자기가 원하는 삶을 사는 데 도움이 되라고 하는 것이다. 그러나 주객이 전도되었다. 공부를 잘하는 것에 모든 것을 거는 것이다. 그 공부하는 목적을 잊은 것이다.

요즘 청소년 중 자기가 왜 공부를 해야 하는지 생각하고, 공부하는 아이들이 몇이나 될까. 성인도 왜 인생을 살고 있는지 인식하고 있는 사람이 별로 없다. 나도 내가 이 세상을 살아가는 이유를 알게 된 것은 얼마 안 되었다. 내가 이 세상을 살아가는 이유는 멋진 인생을 경험해 보기 위해서다.

식상한 말이지만, 이 우주에 나라는 존재는 단 한 명이다. 이 사실 자체로도 내가 얼마나 멋진 사람인지 알 수 있지 않은가? 이 거대한 우주에 나랑 같은 존재가 하나도 없다는 것. 유일하다는 것 자체로 우리는 감동하고 자랑스러워해도 되는 것이다. 우리는 유일한 나 자신은 사랑하지도 못하면서 흔하디흔한 다이아몬드나 명품가방, 외제 차는 너무나 사랑한다.

세상에는 한 대밖에 없는 자동차가 있다. 너무 어마어마해서 우리는 그것을 가지려고 상상도 하지 않는다. 그런데 왜 세상에 하나밖에 없는 나는 소중히 여기지 않는 것인가? 너무 어마어마하게 대단해서 그럴까? 아니다. 내가 가진 것의 소중함을 모르는 것이다.

자존감이라는 것은 나의 매력과 개성을 마음껏 사랑해 주는 마음이다. 좀 더 나아가면, 이것을 아름답게 가꾸어 세상에 표현하는 것이다. 나만의 개성을 찾아내고 개발하는 일은 결국 나만이 할 수 있는 일이다. 그리고 내가 해야만 하는 권리이자 의무이다. 결국, 이것이 우리가 세상에 태어난 궁극적인 이유다.

세상에 유일한 상품인 나를 잘 가꾸고 포장하여 세상에 내어 놓아 보자. 모든 사람이 멋지고 근사하다고 말하는 사람이 될 것이다. 아니, 이미 당신은 세상에서 가장 멋지고 근사한 사람이다. 의심하지 말고 믿어라. 더욱 멋진 인생이 눈앞에 펼쳐질 것이다.

06

나는 나, 다른 무엇이 될 필요는 없다

나는 굉장히 검소한 가정에서 자랐다. 그렇다고 해서 가난하고 돈이 없었던 건 아니다. 현재 70대이신 부모님은 아직도 여름 한 달은 시원한 나라로, 겨울 한 달은 따뜻한 나라로 골프 여행을 가신다. 그러나 우리 엄마는 명품가방 한 개 없으시다. 돈이 없거나 안 쓰는 것이 아니라 습관이 검소하신 분들이다.

나는 어렸을 때 세일 안 하는 신상품이나, 메이커 있는 옷은 입어본 적이 없다. 그러나 80년대 초 교정이라는 것이 뭔지 아무도 모르는 시절 교정을 했다. 돈을 쓰는 기준이 굉장히 명확한 부모님 밑에서 자랐다고 할 수 있다.

내가 대학생 때 오빠가 선물로 유명 메이커 청바지를 사준다고 했다. GV2라는 메이커라고 기억한다. 나는 그냥 얼핏 봐서는 알 수 없는 신기한 체형을 가졌다. 친구들은 아톰 다리라고 불렀다. 다리가 허벅지와 종아리의 두께가 거의 비슷하다. 그래서 남들은 모르겠지만, 바지를 고를 때마다 고충이 따른다. 하지만 잘만 고르면 굉장히 멋진 핏이 나온다.

나는 검은색 나팔바지를 골랐다. 심한 나팔은 아니고 아래가 살짝 벌어지는 스타일의 바지였다. 그러나 나의 신기한 체형은 나팔바지 종아리 부분이 꽉 끼는 형상을 만들어 냈다. 허벅지도 딱 맞고, 종아리도 딱 맞았다. 보통 나팔바지라 하면 허벅지는 딱 맞고 종아리는 펄럭이는 것이 정상이다. 나는 이 바지를 입으면 날씬해 보여서 바지를 닳고 뚫어질 때까지 입었다.

우리나라는 유행이 지배하는 사회다. 유행이 아닌 스타일의 옷은 구하기 어려울 뿐 아니라, 입고 다니는 사람도 없다. 한동안 스키니 청바지가 유행했다. 그 기간에는 스키니 바지만 팔기 때문에 다른 스타일의 바지를 입은 사람은 구경하기 어렵다.

이 스키니 바지라는 것이 나의 체형에 최악의 바지이다. 최악일 뿐 아니라 맞는 옷을 찾을 수가 없었다. 아톰 다리, 통나무 모양의 다리에 스키니 바지가 맞겠는가? 나는 이 스키니 바지가 유행하는 동안에도 나팔바지, 일자바지를 입었다. 남들이 보기에 진정한 패션 테러리스트라 할 수 있었다.

어쩌겠는가, 나에게 맞는 바지는 그것밖에 없는데. 게다가 종아리가 굵은 사람은 치마 입는 걸 싫어한다. 가장 안 예쁜 부위만 노출되는 치마를 입을 이유가 전혀 없다. 내가 패션 테러리스트가 된 이유는, 나의 신체적 결함 때문이다. 결코, 내가 감각이 떨어진다거나 촌스러워서 발생한 일은 아니다. 그래도 아주 촌스럽거나, 보기 흉측하게 하고 다니지는 않는다고 생각한다.

나는 그냥 나 일 뿐이다. 다른 어떤 것이 될 수도 없고, 될 필요도 없다. 내 친구들은 자주 나를 구박했다. 시대에 뒤떨어진 나팔바지를 벗어버리고 스키니 입기를 강요했다. 나는 여대를 다녔으니, 얼마나 패션에 관심이 많았겠는가. 그러나 하고 싶어도 되지를 않았다. 맞는 바지를 찾을 수 없었다.

여러 번의 시도 끝에 나는 현실을 인정했다. 나에게는 나만의 모습이 있고, 그것에 맞게 가꾸는 것이 나의 역할이었다. 그냥 스키니 시대에 맞게 너무 이상해 보이지 않는 옷을 잘 찾아 입는 것이 내가 할 수 있는 전부였다. 안 맞는 스키니 바지를 꾸역꾸역 입는 것이 나의 모습은 아닌 것이다.

이것이 자존감이다. 나의 본래 모습을 온전히 이해하고 그 모습대로 사는 것이다. 유행을 쫓아, 아니면 남들이 좋아하는 모습을 쫓아 그 모습으로 변하려고 노력하는 것은 나를 사랑하는 것이 아니다. 물론 유행하는 옷이 나에게 완벽하게 잘 어울린다면 금상첨화다. 그러나 유행은 돌고 도는 것. 모든 스타일이 다 잘 어울릴 수는 없다.

일이나 직업에서 이것은 더욱 중요하게 나타난다. 한낱 바지에 비교할 일이 아니다. 이러한 선택에 있어 자기 자신에 대해서 잘 알고, 잘 파악하고 있어야 한다. 잘하는 일, 좋아하는 일, 하고 싶은 일이 무엇인지를 알아야 한다. 이 세 가지를 아는 것이 중요하다. 이 세 가지가 일치하면 좋겠지만 그런 일은 잘 일어나지 않는다.

솔직히 나는 인생의 대부분 시간 동안 이 세 가지를 전혀 알지 못했다. 잘하는 것도 없었다. 좋아하는 것은 뛰어놀기, 땡땡이치기 정도였다. 하고 싶은 것도 명확하지 않았던 것 같다. 그래서 자존감이 낮았나? 싶기도 하다. 어른이 되어서야 나는 그래도 공부에 재능이 있었구나 하는 것을 알게 되었다.

학교에서 요구하는 성실히 공부만 하는 아이는 아니었다. 그냥 공부가 잘하고 싶을 때 집중에서 바짝 해주면 좋은 성적이 나왔다. 시험에서 거의 떨어져 본 적이 없으니, 공부를 못했던 것은 아니었다. 그러나 나같이 놀기 좋아하고, 기회가 날 때마다 수업 땡땡이를 치는 아이를 학교에서는 좋아하지 않았다. 내 청소년 시기를 생각해 보면 우리나라 사회적 기준에 맞는 부류의 사람은 아니다.

그래도 다행히 나에게 적합한 일을 찾아서 잘살고 있다. 내가 무엇을 잘하고 어떤 재능을 가졌는지 몰랐다. 나의 본질을 잘 알지 못하기 때문에 나는 많은 시행착오를 거칠 수밖에 없었다. 그리고 길을 많이 돌아와 현재 자리에 있다. 어쩌면 나는 지금도 내 자리를 찾지 못해 방황 중인지도 모른다.

큰딸은 운동을 좋아한다. 6학년 때까지 일주일에 꼬박 6일은 운동을 했다. 그런데 불행하게도 몸치여서 달리기는 반에서 거의 꼴찌다. 춤추는 것도 좋아하지만, 나무토막이 움직이는 느낌이다. 그래도 본인은 운동을 계속하고 싶어 한다. 좋아하고 못하는 것은 취미로 남겨 놓는게 좋을때도 있다는 것을 알아 두자.

내 동생은 공부는 못했었어도 운동을 잘하고, 사업 수완이 좋았다. 하지만 우리 사회에서 공부 못하는 사람은 실패자 취급을 당한다. 공부도 운동, 음악같이 하나의 재능이다. 운동을 못하거나 그림을 못 그리는 사람은 실패자 취급하지 않는다. 왜 공부에만 그러한 기준을 적용하는 것일까. 아마도 그것이 우리 사회의 일률적 기준인 것이다.

그러나 그 기준에 너무 집중할 필요는 없다. 세상은 우리가 아는 것보다 훨씬 다양한 삶의 모습을 포함하고 있기 때문이다. 공부를 못한다고 기죽거나 실망하지 말자. 공부를 못했던 내 동생이 공부를 잘한 나보다 훨씬 잘살고 있다.

옷도 유행이 있듯이, 공부의 기준도 나이대별로 달라진다. 초, 중,

고등 시절의 공부 기준은 점수를 잘 받는 것이다. 이 효과는 대학교 때까지만이다. 대학교 때의 기준은 취직이다. 그럼 졸업하면? 그때는 사회적응 능력이 중요해진다.

지금 내가 초, 중, 고등 시기에 있고, 공부를 못한다면 나에게 적합한 시기가 올 때까지 버티면 된다. 나에게 알맞은 시기는 반드시 오게 되어있다. 굳이 어울리지도 않고 맞지도 않는 스키니 바지를 낑겨 입으려고 노력할 필요는 없다. 그렇게 하는 것은 나 자신이 발전을 하지도 않고, 자존감만 한없이 무너져 내린다. 이것은 나의 잘못도 아니고, 노력으로 극복할 수 있는 것도 아니다. 타고난 몸매와 사회의 유행에 의하여 나의 존재감에 영향을 받는 것이다.

나는 나만의 고유한 특성이 있다. 그것을 다른 모습으로 바꾸려고 노력하지 마라. 나의 특성에 어울리는 시대가 올 때까지 그 특성을 아름답게 가꾸고 있으면 된다. 단점을 고치려 노력하지 말고, 장점을 더 멋지게 가꾸어 나가야 한다. 단점에 많은 노력을 들이고, 고치려고 애써서 얻을 수 있는 것은 평범함이다.

단점에 노력을 쏟는 것은 다른 그 무엇으로 바뀌려는 노력이다. 나 자신의 모습, 나의 장점에 집중하자. 이곳에 에너지를 쏟으면 나는 특별한 사람으로 거듭날 것이다. 내가 지키고 가꾸어 나가야 하는 것은 나의 고유한 본질이다. 나의 본 모습을 사랑하는 사람이 되자.

07

인간의 존엄성은 뻔뻔함에서 온다

후안무치: 낯 두꺼워 부끄러움을 모름. 자화자
찬: 스스로 그린 그림을 스스로 칭찬하다. 두 사자성어에서 우리는 어
떤 감정을 느낄 수 있을까. 대부분 사람은 자만심, 잘난 척, 겸손하지
않음을 느낀다. 나 역시도 본능적, 감각적으로 살짝 거부감을 느낀다.

그러나 나는 이성적으로 이 두 사자성어를 너무나 사랑한다. 얼마
나 멋진 사자성어인가. 우리 사회는 강력한 유교 문화로 겸손함을 최
고의 미덕으로 삼았다. 후안무치, 자화자찬 등의 사자성어를 파렴치
한들의 감정으로 몰아간 것이다. 겸손함을 강조하고, 사소한 일에 수
치심과 부끄러움을 느끼게 하여 감정적 열등감에 사람들을 가두려 했
다.

서구 사회와 비교하면 우리의 사회 구성원들은 열등감, 부끄러움에

관한 감정의 지배를 많이 받는다. 잘난 척을 터부시하는 사회인 것이다. '모난 돌이 정 맞는다.'라는 말이 대표적인 표현이다. 자신이 무엇을 잘했을 때 칭찬보다 겸손을 강조한다. 벼는 익을수록 머리를 숙인다. 이런 속담 역시 겸손을 강조한다.

왜 이런 사고가 우리 사회에 퍼지게 되었을까. 아마도 강자가 지배하는 사회를 쉽게 유지하기 위해서일 것 같다. 성공하고 앞으로 나아가는 사람들의 도전을 막고 싶었을 것이다. 기득권의 세력을 도전자들로부터 방어해야 했을 것이다. 이것이 오래 쌓여 사회의 관습으로 자리 잡은 것이다. 현재도 많은 기득권 세력들은 그들의 권력을 유지하기 위하여 큰 노력을 한다.

후안무치, 얼굴이 두꺼워 부끄러움을 모름. 왜 우리는 항상 부끄러움 느끼기를 강요당하는가. 실수하거나 잘못했을 때 꼭 부끄러움을 느껴야 하는가? 그런 법칙은 어디서 나왔는가. 그 어떤 일에도 우리는 부끄러움을 안 느끼고 당당할 권리가 있다. 세상에 아무짝에 쓸모없는 감정이 부끄러움이다. 그것을 어디에 써먹겠는가. 그런 곳이 있다면 당장 나에게 연락하기 바란다.

우리는 공개적인 자리에서 어떤 질문을 받으면 대답을 망설인다. 왜? 틀릴까 봐, 틀리면? 부끄럽고 창피하다. 이것이 보통 감정의 진행이다. 왜 질문에 틀린 답을 했다고 창피하고 부끄러워야 하는가. 그냥 나는 남들이 생각하는 정답과 다르게 답했을 뿐이다. 난 모난 돌이다. 나는 정을 맞아야 하는 것이 아니라 다른 장소에 쓰여야 하는 모양의 돌이다.

부끄러워하지 말자. 당당해라. 내 대답을 이해 못 한 이해력 떨어지는, 작은 종지의 상대방이 부끄러워해야 한다. 낯 두껍게 뻔뻔해지자. 끝까지 뻔뻔하게 우겨보자. 물론 이렇게 하기 쉽지 않다. 그냥 한번 미친 척 해보자. 그러면 상대방이 당황하기 시작한다. 진짜 그런가? 내가 모르는 뭔가 있었나? 더 나아가면 상대는 정신적 혼란에 빠지고 창피한 감정이 들게 된다.

상대가 맞고 내가 틀린 경우라도 내가 강력하게 우기면 이런 감정적 흐름이 발생하게 된다. 이것은 모든 사람의 감정 상태이다. 우기는 놈 앞에 장사 없다고, 외골수라고 불릴 만큼 말 안 통하는 사람들도 있지만, 절대 그렇게 되라는 말이 아니다. 옳고 그름을 떠나 우기라는 것이 아니다. 그냥 부끄러움과 열등감이 생활인 자존감 약한 자신에게 뻔뻔함을 조금 가져보자.

우리 사회에 만연한 겸손은 칭찬에 익숙하지 않다는 점에서 뚜렷이 볼 수 있다. 정말 신기한 건 칭찬을 받으면 사람들은 부끄러워한다. 도대체, 왜!!! 부끄러운가. 나는 도저히 이해가 안 간다. 무엇을 잘하고 칭찬받을 때, '운이 좋았어요', '주변 도움 덕분이지요' 등등 모든 공을 다른 곳에 돌린다. 시상식장에서 극명하게 드러난다. 다른 사람에 대한 감사로 모든 인사말을 채운다. 왜 뻔뻔하게 내가 열심히 해서 좋은 결과가 나왔다. 축하해 달라. 말하지 못하는가.

그냥 뻔뻔하게 축하를 받아라. '좋은 결과 축하해요' 인사를 받는다면, '네, 제가 열심히 해서 좋은 결과가 나왔어요. 축하해주셔서 감사합니다.' 당당하게 말하자. 이렇게까지 하기가 힘들면, 그냥 '고맙습니다.'로 끝내자. 여기에 사족을 달지 말자. 나 이외의 무엇인가의 도움으로 잘됐다고 말하지 말자. 내가 잘해서 성공한 것이다.

처음에는 이것이 어색하고 힘들다. 하지만 꾹 참고 토 달지 않기를 연습해야 한다. 그 칭찬을 내가 온전히 받는 것이 나의 권리이다. 누군가의 도움으로 성공한 것이라면, 나중에 도움을 받은 이에게 감사 표시를 하면 된다. 이상하게도 축하를 받는 건 내가 잘해서인데, 이뻔한 대답을 하는데도 용기가 필요하다. 내 마음속 용기는 참 할 일도 많다.

우리가 뻔뻔함을 누리려면 용기가 필요하다. 뻔뻔함의 필수조건은 용기이다. 용기가 없으면 절대 뻔뻔함을 얻을 수 없다. 나는 이 뻔뻔함을 사랑하고, 좋아한다. 도움을 당당하게 요구하는 뻔뻔함. 깐깐하고 까칠하게 살아볼 용기, 혼날 때 딴생각할 용기, 거절을 거절할 용기. 가차 없이 꺼져, 라고 외칠 수 있는 용기. 이상한 옷을 입고 거리를 활보할 수 있는 용기.

그냥 들어도 멋지지 않은가? 드라마에서 음식을 주문하는 여성이 있다. 이 주문은 복잡하기 이를 데 없다. 커피 한잔을 시켜도, 샷은 두 개 반 넣어주시고, 우유는 저지방으로 넣어주세요. 초콜릿 칩 올려주시고 캐러멜 시럽은 한 바퀴 반만 돌려주세요. 등등. 이 커피가 더 맛있을까? 그건 알 수 없다. 하지만 왠지 까도녀 같고 멋있다.

이것도 미친 척하고 해보자. 인터넷을 뒤지면 이런 복잡한 커피 주문방법이 나온다. 여러 번 읽어 달달 외워서 커피를 주문해보자. 생각보다 별일 아니다. 나는 고객이기 때문에 어떤 이상한 주문도 그들은 친절하게 받아준다. 돈 내고 그 권리를 누려보는 연습을 하자. 두세 번 해보면 까칠하고 뻔뻔하게 사는 세상이 생각보다 어렵지 않음을 알 수 있다. 그것이 생활화되는 것은 추천하지 않는다. 나도 서비스 업종에 있다 보니 감정 소모직업 사람들을 보호하고 싶다.

나는 패션 테러리스트다. 옷장은 마크 저커버그의 옷장과 똑같다. 내가 남자이고 연구직이었으면 마크 저커버그였어도 괜찮았을 것이다. 그러나 나는 서비스업에 종사하는 여성이다. 뭐 어떤가. 나는 아래위 까만 옷을 주로 입는다. 그냥 날씬함으로 승부한다. 어쩌겠는가 그렇게 생긴걸. 가끔 나는 정말 이상한 옷에 꽂히기도 한다.

한번은 진한 분홍색 꽃무늬 바지에 꽂혔다. 그 바지를 보는 순간 가슴이 두근거리고 너무 가지고 싶었다. 꽤 유명한 메이커의 비싼 바지였다. 한 번만 입어도 세상 사람들이 다 쳐다볼 것 같은 요란하고 실용성 떨어지는 바지였다. 이것을 비싼 돈 주고 산다는 것에 엄마는 난리가 났다. 그러나 나는 자존감을 키우는 중이었고, 부모님으로부터 정신적 독립을 시도하는 중이었다.

내 맘에 드는 바지를 골라 입을 권리가 나에게는 있다. 그 순간 나는 이렇게 생각하고 분홍색 꽃무늬 바지를 샀다. 나의 20대 중반의 똘끼라 할 수도 있고, 내가 가지고 싶은 것을 누릴 수 있는 뻔뻔함이기도 했다. 한동안 그 바지를 입고 거리를 활보했다. 누가 좀 모라고 하면 어떤가. 내가 그들을 다시 볼 일이 있는 것도 아니었다. 내 주변 사람들은 창피하다고 혼자 돌아다닐 때만 입으라는 조언을 빼놓지 않았다.

나의 가슴을 뛰게 했던 그 분홍색 꽃무늬 바지는 20년이 지난 아직도 가지고 있다. 지금은 우리 딸이 도대체 이런 옷은 왜 샀느냐고 구박하면서 한 번씩 입어준다. 나는 그 꽃무늬 바지를 보면 자존감 낮던 나 자신의 세상을 향한 외침을 느낀다. 나 자신을 사랑하고 싶어서, 내가 좋아하는 것을 해보고 싶어서 노력하던 그 젊은 날의 나를 떠오르게 한다.

창피함과 부끄러움을 던져버리고 잠시 뻔뻔해지자. 가슴 뛰는 것을 위하여 도전해 보자. 그것이 남들 눈에 아무리 이상해도 나의 가슴을 뛰게 하는 것이면 나에게 가치 있는 것이다. 남들의 시선, 기준, 주변

인들의 조언은 무시해도 좋다. 세상은 나의 것이고 내가 원하는 것을 하는 곳이다.

20년이 지난 지금도 그 꽃 바지는 나에게 맞는다. 나는 50대, 60대 에도 그 꽃 바지를 가지고 있을 것이고, 나의 20대 노력하던 젊음이 그리울 때 한 번씩 꺼내 입어 볼 것이다. 자존감이 낮았던 그 젊은 날 에, 나를 사랑하려고 부단히 노력하던 나 자신에게 박수를 보낸다.

세상의 정답에 굴복하지 말기

우리는 정답이 요구되는 사회에 살고 있다. 그 정답은 나의 의견이나 논리와는 전혀 무관하다. 사회가 요구하는, 기존 사회 구성원이 인정하는 정답이 있다. 정답이 없는 경우 많은 사람이 우르르 몰려가는 쪽을 정답이라 간주하고 싶어 한다. 소수 의견은 틀렸다고 무의식적으로 인식한다.

우리에게 어렸을 때부터 요구되는 정답은 순종이다. 말 잘 듣기. 남들 하는 대로 하기. 학교에서도 선생님 말씀 잘 듣기. 남들이 하는 공부를 열심히 하기. 남들과 다르게 행동하지 않기. 이런 것들이다. 듣기만 해도 재미없고, 단지 아이들을 관리하는 선생님, 부모님을 위한 요구사항이다. 아이들이 좋아하고 원하는 것이 정답인 경우는 별로 없다.

우리 사회가 좋아하는 것은 다수결의 원칙이다. 많은 사람이 있는 쪽을 정답이라 정하려는 경향이 강하다. 그것이 옳은지 그른지는 차후의 문제다. 여러 사람이 모여 있는 경우 질문을 하고 답에 손을 들라고 해보자. 그러면 처음 손든 사람을 따라서 드는 경우가 많다. 처음 들어보는 질문일 때는 그 경향이 더욱 심하다.

우리 사회는 소수 의견을 중시하는 사회가 아니다. 그리고 권력을 가진 자들, 기득권 사람들은 이 다수 의견을 지배하려 한다. 선생님, 부모님도 아이들에게는 일종의 권력자이다. 우리는 어렸을 때부터 이런 사회의 요구사항에 길들어왔다. 직접적인 요구사항도 있고, 오래된 고정관념이나 선입견도 있다.

흔하게 우리를 옭아매는 이런 선입견, 고정관념들에는 성 역할, 성적 등에 관한 것들이 많다. 여자아이는 얌전하고, 남자아이는 말썽꾸러기이다. 공부를 잘하는 아이는 리더쉽이 있고, 공부를 잘해야 좋은 직업을 가지고 성공한다. 남자는 가장이고 여자는 가정주부이다. 요즘은 많이 깨지고 있다고 하지만 우리 주위에 있는 사고가 그렇게 쉽게 변하지는 않을 것이다.

이러한 오래된 관념들이 우리의 자존감에 미치는 역할은 실로 대단하다. 말썽꾸러기 여아라면 이것을 몸소 체험하며 클 것이다. 너는 여자애가 왜 이렇게 칠칠하지 못하니. 왜 이렇게 극성맞니. 좀 얌전해라. 등등 그 다름에 상처를 많이 받고 자존감이 낮아지게 된다. 얌전한 남자아이도 마찬가지다. 공부를 잘하나 부끄러움이 많은 아이도 있다. 이들은 리더쉽이라거나 남 앞에 나서기를 싫어한다. 그러나 우리 사회는 공부 잘하는 아이에게 리더쉽을 요구하고 앞에 나서기를 원한다. 자기에게 맞지 않는 옷을 요구당하는 것이다.

우리는 이런 세상의 정답에 저항해야 한다. 그러나 우리같이 부끄럼을 많이 타는 자존감이 낮은 사람들은 정답에 저항하지 못한다. 그냥 조용히 눈에 띄지 않기를 바라며 다수 쪽에서 손을 들고 있을 뿐이다. 틀린 의견을 낸다거나, 어떤 주장을 하는 것은 상상할 수도 없다.

나는 중학교 때 이런 세상의 정답에 저항해 본 적이 있다. 솔직히 말해 세상의 정답은 아닌 그냥 물리 문제의 정답에 저항해 본 것이다. 선생님께서 내준 물리 문제를 풀었다. 그런데 나의 답은 선생님의 답과 달랐다. 아무리 여러 번 풀어 봐도 다른 답이 나오는 것이었다. 치기 어린 나는 선생님에게 답이 다르다고 주장했다. 아무리 여러 번 풀어 봐도 그 답은 틀린 답이라고. 진짜 그 답이 틀렸을 수도 있지 않은가? 그러나 선생님은 별 설명 없이 답은 맞다고 그냥 넘어갔다.

나는 그 이후로 학교에서 선생님께 그 어떤 주장도 하지 않게 되었다. 그 사건이 학교에서 나의 마지막 용기였다. 요즘은 학교가 좀 바뀌었을지도 모르겠다. 우리의 자존감은 이렇게 낮게 형성될 수밖에 없다. 우리 주변의 누구도 칭찬에 후하지 않고, 비난과 꾸짖기에 열심이다.

우리는 공부 잘하기, 좋은 직장 가지기, 돈 잘 벌기 등 여러 가지 고정관념을 가진다. 공부를 잘하면 성공하게 될까? 공부를 잘하고, 좋은 대학에 가면, 대기업에 취직한다. 이것이 우리가 생각하는 사회의 정답이다. 그 이후는? 우리에게 그 이후는 그냥 돈 많은 사람이 성공한 사람이다. 대학 졸업과 함께 성공의 정답은 건물주인 것이다.

우리 주변을 잘 살펴보자. 고등학교만 졸업한 사람부터 아이비리그 대학을 유학한 사람까지 다양한 사람이 있다. 내 주변은 그렇지 않다고? 좀 더 열심히 눈 크게 뜨고 둘러봐라. 분명히 많이 있다. 나의 친구들도 고등학교만 졸업한 친구부터 외국 유학파까지 다양하다. 직업도 백수부터 대학교수, 사업가 다양하다.

사회는 이들에게 정답을 요구한다. 그러나 내 친구들은 정답과 무관하게 모두 삼시 세끼 밥 먹고, 똑같이 밤에 잠자고 살아가고 있다. 정답은 우리 사회를 지배하려는 기득권층이 만들어 놓은 관념일 뿐이다. 아니면 다수 사람이 과반수라는 정답을 만들어 그 속에 숨으려 하는 것인지 모른다.

서울대를 나와서 닭을 튀기고 있는 사람도 있고, 고등학교만 졸업하고 사업을 해서 성공한 사람도 있다. 아이비리그 대학에서 박사까지 받고 놀고 있는 사람도 있다. 의사면허로 가구를 만드는 사람도 있다. 세상의 정답 앞에 우리는 휘둘리며 성인이 되지만, 막상 인생과 세상의 정답은 별 상관이 없어 보인다.

그러나 우리는 그 이후로도 계속 정답을 요구당한다. 결혼, 출산, 취직, 집 등등. 이 외에도 우리가 요구당하는 정답은 끝도 없다. 특히 우리나라 사회는 집단주의 정서가 기저에 깔렸다. 자기와 연관된 사람들에게 관심, 애정이라는 이름을 빌려 간섭하기를 좋아한다. 동시에 끊임없이 사회의 정답을 요구하는 것이다.

이제 이런 사회의 정답을 거부해보자. 나의 절친 중 한 명은 고등학교 졸업 후 공부가 싫다고 대학을 가지 않았는데도 지금은 부동산을 운영하며 잘살고 있다. 나는 대학 졸업 후 취직을 거부하고 다시 대학을 들어갔다. 요즘은 흔할지 몰라도 나 때는 흔한 일은 아니었다. 점점 사회의 정답이라는 것이 깨지고 있는 것이다. 성 역할도 많이 파괴되고 있고, 직업에 대한 관념도 점점 깨어지고 있다. 그러나 한편에서는 여전히 깨어지지 않는 세상의 정답에 파묻혀 사는 사람도 많다.

슬프게도 그 사람이 나다! 세상의 정답에서 헤어 나오지 못하고 있다. 나는 삼십이라는 나이가 되었을 때, 결혼하지 않으면 큰일이 나는 줄 알았다. 결혼 후에는 아이를 안 낳으면 큰일이 나는 줄 알았다. 그렇게 세상의 정답에 열심히 발맞춰 살아왔다. 아이들에게 여전히 답답한 수학 공부, 영어공부를 강조하고, 병원에 앉아서 환자를 보며 구시대적인 생각을 하고 있다. 안일한 현실에 안주하고, 세상의 정답에 파묻혀 사는 것이다. 나도 변화하려고 노력을 한다. 그래서 지금 이 순간 새로운 도전으로 이 책을 쓰고 있다

세상의 정답을 거부하는 것이 그렇게 대단한 일만 있는 것은 아니다. 우리 주변에 사소한 것들을 거부해보는 것도 괜찮은 방법이다. 우리는 소소하게 다른 사람의 의견에 동조를 많이 한다. 이미 형성된 의견과 다른 의견을 말하는 용기를 내지 않고, 나의 의견이 정답인 것 같아도 다수가 가는 쪽으로 조용히 손을 드는 것이다. 이 작은 의견의 파괴를 시도해 보자.

어려울 것 같지 않은가? 하지만 생각보다 쉽다. 예를 들어, 친구 여럿이 모였다고 하자. 친구들이 모이면 항상 밥을 먹는다. 누가 메뉴를 정하는가? 보통 목소리 큰 사람이 먼저 제시를 한다. 이렇게 목소리 큰 사람은 자존감이 높은 사람이다. 한번 의견이 제시되면 내가 나서서 바꾸기는 쉽지 않다. 같은 기회가 온다면 이번에는 내가 의견을 선점하자. 대부분 이전에 만났던 비슷한 장소에서 만나게 된다. 미리 그 부근의 자주 가는 밥집을 하나 정해라. 그리고 식사시간 부근이 되었을 때 먼저 "배고프다, 뭐 먹을래? ○○○ 어때?" 이렇게 주제를 선점하라. 그러면 익숙한 장소의 익숙한 메뉴는 쉽게 동의를 끌어낼 수 있다.

이런 간단한 리더쉽을 자주 반복하다 보면, 어떤 순간 큰소리를 낼

117

수 있는 용기가 생긴다. 어느 날 더 많은 사람이 모인 더 전문적인 주제에 관한 토론에서 주제를 선점하는 기회를 잡아 볼 수도 있다. 더 공개적인 장소에서 먼저 의견을 제시하여 의견을 선점하자. 항상 최초의 의견 제시 자가 되면 된다. 우리의 자존감은 그렇게 조금씩 조금씩 자라가게 된다.

자존감을 키우는 일은 어렵고 대단한 일이 아니다. 그냥 사소한 일을 시도해 보는 것부터 시작할 수 있다. 그렇게 작은 일이 쌓이다 보면 우리는 큰 도전을 할 수 있는 용기의 힘이 강해지는 것이다. 작은 일부터 도전해보자.

체인지

Change

by studying yourself

CHAPTER

03

감정에도
가지치기가
필요하다

지금 내 마음을 들여다보자.
아무도 모르는
내 안의 작은 상처들에 말해주자.
"그랬었구나, 괜찮아."

01

감정에도 가지치기가 필요하다

당신은 어떠한 감정 상태를 가지고 살아가는가? 나는 감정적이지 않고 이성적이다. 나는 감정보다는 눈에 보이는 사실들을 좋아한다. 나의 감정은 굉장히 단순하다. 나는 행복, 즐거움, 만족 이런 것을 주로 느낀다. 때때로 불안, 답답함, 안쓰러움. 이런 것도 느낀다. 거의 느껴본 적 없는 감정은 외로움, 고독, 쓸쓸함이다. 나는 홀로 된다는 감정에 굉장히 둔감하다. 어렸을 때부터 다른 사람과 감정적으로 공감하는 데 익숙하지 않기 때문이다.

나는 감정을 안 느끼는 것일까, 못 느끼는 것일까. 내 생각에는 일부러 안 느끼는 것 같다. 왜냐하면, 나는 겉보기와 다르게 굉장히 민감한 사람이다. 다른 사람과 같이 있으면 나는 온전히 그 사람의 감정을 느낄 수 있다. 이것도 능력이라면 능력일 것이다. 그래서 공감 능력이 뛰어나다.

감정을 잘 느끼기 때문에 나 자신이 그 감정 인지 능력을 차단한 것 같다. 너무 많은 감정을 느끼는 것은 삶을 피곤하게 한다. 나의 단순한 감정을 나쁘게 말하는 사람도 있다. 어떻게 사람이 좋은 감정만 가지고 살 수 있나, 그것은 가식적이다. 상대편을 진실하게 대하지 않고 거짓으로 대하는 것이라고 한다.

그러나 우리는 투덜대거나 불평불만이 가득한 사람에게 가식적이라거나 진실하지 않다는 표현을 쓰지는 않는다. 우리는 긍정적인 것보다 부정적인 것에 굉장히 관대하다. 감정이 풍부한 친구들은 나를 희한하게 생각한다. 어떻게 감정을 맘대로 조절할 수 있는지 이상하게 생각한다.

나는 세상을 쉽게 산다. '살 빼야지' 하면 두 달이면 4~5kg을 뺄 수 있다. 삶이 힘든 시기에 힘든 감정에 파묻힌다면, 어느 순간 '감정을 그만 느껴야지' 생각한다. 그러면 그 이후로 힘든 감정을 거의 안 느낄 수 있다. 물론 그렇다고 힘든 일이 없어지는 건 아니지만, 내가 힘든 감정을 많이 느낀다고 일이 더 쉽게 해결되는 것도 아니다. 그냥 그 감정의 스위치를 잠시 꺼두자. 조금 후에 다시 켜도 된다.

감정에도 가지치기가 필요하다. 감정의 나뭇가지가 한없이 자라도록 놔두어서는 안 된다. 그럼 균형도 안 맞고, 삐죽 뾰족한 보기 흉한 나무가 된다. 항상 예쁜 모습으로 존재하도록 가꾸어 주어야 한다. 감정이라는 것은 그 속에 빠져들면 한없이 커지고 다양한 방면으로 확장된다.

감정은 나뭇가지이다. 거기에는 파란 잎과 잔가지만 붙어 있어야 한다. 그 잔가지들이 자라서 굵어지고 거기에서 또 가지가 나와서 나무와 같아지면 안 된다. 가지는 무거워 부러지고 바닥으로 추락하게 된다.

이 감정이라는 가지는 마음이라는 튼튼한 뿌리를 기반으로 자라난다. 우리가 감정을 잘 관리하고 아름답게 가꾸기 위해서는 튼튼한 뿌리 같은 마음이 필요하다. 세상의 세찬 풍파와 어려움에 흔들리지 않는 힘은, 튼튼한 뿌리에 있기 때문에 땅속 깊숙이, 넓게 자리 잡고 있어야 한다

그러다 보면 나뭇가지에는 어느새 파릇파릇한 새싹이 돋아나, 두근두근 봄을 맞을 것이다. 하지만, 한여름 세찬 비바람과 폭풍우에 가지는 부러질 수도 있고, 생채기가 날 수도 있다. 가을에 잎사귀들을 떠나보내고 나면, 한겨울 추위에 잎사귀들 없이 고독하게 겨울을 견뎌야 할 수도 있다. 감정은 그런 것이다.

사계절만큼이나 다양하고 변화무쌍하다. 밝은 햇살을 듬뿍 받고 화사한 모습을 하기도 하고, 고난과 쓸쓸함에 정면으로 부딪치며 맞서 싸워나가는 존재이다. 우리 인생의 아름다움을 제공하는 것은 이러한

감정들이다.

튼튼한 마음의 뿌리가 받쳐주지 않으면 이 가지들은 마음껏 아름다움을 뽐낼 수 없다. 약하게 뿌리박힌 나무는 거친 폭풍우에 통째로 뽑혀 사라질 수도 있다. 아름다운 감정을 즐기기 위해서는 마음을 깊고 넓게 뿌리내려야 한다. 나의 감정에만 집중하지 말고, 마음에 집중하라. 그러면 감정은 저절로 아름다워진다.

그렇다면 감정과 마음을 연결해주는 것은 무엇일까? 습관이다. 아무리 마음이 든든하고, 감정이 아름다워도 그것을 잘 사용하는 방법을 모른다면 감정은 감정대로, 마음은 마음대로 각자 하고 싶은 것만 하게 될 것이다. 습관은 감정과 마음을 잘 사용할 수 있도록 훈련해주는 장치이다.

습관에는 우리가 모두 아는 것처럼 다양한 것들이 있다. 행동습관, 감정 습관, 생활습관, 수면습관, 식사습관, 등등. 이 모든 것들이 우리의 마음과 감정을 연결해주는 것이다. 몰입과 정열의 습관을 가진 사람은 그런 감정을 잘 느낀다. 불규칙 적인 생활 습관을 지닌 사람은 불안 도가 높을 수밖에 없다.

나는 굉장히 규칙적인 생활 습관을 지니고 있다. 나는 십 년 넘게 매일 5시에 기상하고 10시경에 잠든다. 밥은 삼시 세끼는 반드시 먹는다. 아마 지금으로부터 십 년 후에 나를 만나도 나는 똑같은 생활을 하고 있을 것이다.

나의 감정은 극도로 안정적일 수밖에 없다. 그것은 감정조절을 자유롭게 할 수 있는 능력을 갖추게 되었다는 것을 의미한다. 언제든지 감정의 스위치를 껐다 켰다 할 수 있다. 나는 마음과 감정을 연결하는 굉장히 튼튼한 줄기를 가지고 있다. 일반인들보다 다섯 배쯤은 두껍지 않을까?

우리의 인생은 이 나무를 아름답게 가꾸어 나가는 것이다. 이 나무도 처음에는 새싹에서 시작한다. 이 나무가 어떤 모양새를 가지고 크는지는 우리 자신에게 달려있다. 땅속에 깊이 뿌리박고 튼튼한 줄기와 아름다운 가지를 하늘로 우아하게 뻗고 있다면, 그 인생은 성공한 인생이라 할 수 있다. 이러한 나무를 가진 사람은 자존감이 높은 사람이다.

이 나무의 형태가 당신 자신, 자존감의 모습이라고 생각하면 된다. 나의 나무는 너무나 아름답고 튼튼하다. 잘 정리된 모양에 영양공급도 좋아 반짝반짝 햇빛을 반사하는 무성한 잎들로 덮여있다.

어릴 때 나의 나무는 항상 비실비실 힘이 없었다. 그러나 나는 나의 마음을 사랑하고 나의 마음을 위하여 건강한 삶을 유지했다. 규칙적인 생활, 밝은 마음, 충분한 영양공급을 주는 일상생활을 하였고. 그 노력은 나는 세상에서 최고라고 해도 좋을 만큼 훌륭한 습관을 만들어 왔다. 나보다 더 훌륭한 습관을 지니는 사람은 손에 꼽을 만큼 적다는 사실. 이 점에 대해서만은 백 퍼센트 확신한다.

마음, 습관 이런 것은 어차피 하루아침에 만들어지는 것이 아니다. 지금부터 조금씩 노력해 보자. 먼저 감정을 어떻게 조절할 수 있는지, 이런 쉬운 것부터 할 수 있는 것을 조금씩 해야, 우리는 발전할 수 있다. 항상 가장 어려운 것은 조금씩, 적당히, 할 수 있는 만큼 천천히 해나가야 한다.

물론 자신의 감정을 조절하기는 쉽지 않다. 감정을 안 느낄 수는 없으므로. 지금 당장 너무 힘들 다면 시간을 정해서 감정에 흠뻑 빠져보자. 이 죽을 것 같이 힘든 일은 딱 삼십 분간만 느껴보자. 그냥 힘들어, 힘들어, 하는 것이 아니라 정말 힘들어서 죽을 것같이 나의 감정에 몰입하자. 단, 딱 삼십 분 만이다. 그 이후에 그 감정에 대해서 잠시 스위치를 끄자. 너무 힘들 다면 한 시간에 십 분만 그 감정을 느껴보자. 덜 힘들 다면 나는 세 시간에 이십 분만 나의 힘든 감정을 느끼겠다고 결심해보자.

즐거움은 온종일 느껴도 된다. 내가 사랑하는 감정은 행복, 즐거움, 웃김 이런 것이다. 이런 감정은 온종일 스위치를 켜놓자. 우리를 충전시켜주는 에너지 원이다. 잠깐 우울한 감정을 켰을 때 이 에너지를 사용하여야 한다. 처음에는 잘 안될 것이다. 그러나 이것도 연습하다 보면 부정적인 감정의 스위치를 켜지 않고, 하루를 보내는 나를 발견하게 될 것이다.

조금 더 감정에 익숙해지면 행복과 즐거운 감정을 만들어 낼 수 있다. 나는 간단한 액션으로 행복과 즐거운 감정을 만들어 낼 수 있다. 나 지금 즐거워지고 싶다. 그러면 나는 노래를 흥얼거린다. 웃긴 감정을 느끼고 싶어. 그러면 그냥 신 나게 한번 웃어라. 이상한가??? 난 그냥 지나가는 사람의 바지 모양을 보고도 신 나게 한번 웃을 수 있다. 긍정적인 감정을 만들어 나가라. 감정은 내가 가장 쉽게 만들어 낼 수 있는 보물이다.

02

사랑받지 못할까 봐 두려운가?

　　나는 어렸을 때 사랑받은 기억이 없다. 부모님이 안 계시느냐? 이런 질문은 사양하겠다. 나에게는 정말 환상적인 부모님이 계신다. 두 분은 지금 우리가 발 벗고 따라가기 힘든 좋은 스펙을 가지고 계신다. 사회통념에 따르지 않는 순수한 마음도 가지고 계신다. 최고의 스펙과 사회적 지위를 가지고 계시지만 시장에서 장사하는 친구들과도 선입견 없이 잘 지내시는 분들이시다.

　세상이 알아주는 잉꼬부부에, 나의 딸들을 십 년 넘게 키워주실 만큼 헌신적이시다. 비록 사업을 하시다 재산을 날리기는 하셨지만, 일 년에 여름, 겨울 한 달씩 골프를 치러 다니실 만큼 경제적 여유도 있다. 그런데 나는 왜 사랑받은 기억이 없을까?

　우리 부모님은 모든 것을 다 갖춘 듯 보이나 결정적 단점이 있다.

그것은 감정표현 장애이다. 물론 내가 어렸을 때 너무 많은 사고를 치고 다닌 것은 인정한다. 엄마는 나 하나를 키우느니 오빠 같은 아이 열 명을 키우겠다고 말씀하신 적도 있다. 어떻게 애정표현을 할 수가 있었겠는가. 그러나 엄마는 오빠에게도 애정표현을 안 한 것을 보면 꼭 나의 문제라 할 수는 없다.

아무도 믿지 않겠지만 나는 애정결핍이 있다. 그렇다고 해서 애정 결핍 때문에 나타나는 증상은 없다. 지금은 세상일에 흔들리지 않는다는 불혹의 나이다. 아마도 어렸을 때는 애정결핍으로 힘들어하지 않았을까? 나는 본능에 따라 사랑을 믿지 못한다. 아니 사랑이라는 감정을 모른다고 하는 것이 더 정확한 표현일 것이다. 지금은 딸 둘을 낳고 키우면서 사랑한다는 말을 매일매일 외치고 산다. 그러나 이 사랑은 베푸는 사랑이지 받는 사랑은 아니다.

사랑받지 못할까 봐 두려운가? 나는 두려웠다. 중고등 시절에도 두려웠고, 대학 생활을 할 때도 두려웠다. 친구들과의 관계도 두려웠고, 누군가를 만난다는 것도 두려웠다. 나는 이 두려운 감정을 꽁꽁 싸서 내 마음 가장 깊은 곳에 숨겨 놓았다. 주변 사람도 볼 수 없고, 나조차도 볼 수 없었다. 그래서 나는 지금 그 두려운 감정을 꺼내보려고 한다.

나는 초등학교 시절 한 그룹의 꼬붕 이었다. 지금은 상상조차 할 수 없는 모습이지만 어렸을 때 나는 그랬다. 그룹을 이끄는 두 명의 아이가 있었다. 그 둘은 아이들에게 역할을 분배했다. 그리고 우리는 마피아 조직이나 되는 양 뭉쳐 다녔다. 나는 그중 가장 꼬붕 역할을 했던 것으로 기억한다. 그나마 이것도 못 하면 어떻게 하지? 이 그룹의 아이들이 나랑 안 놀아주면 어떻게 하지? 하는 걱정을 늘 했다.

시간이 흘러, 나는 중학교에 눈에 띄게 좋은 성적으로 입학했다. 전교에 나를 모르는 사람은 없었다. 그러나 나는 공부를 잘하거나 예쁘거나 인기 많은 아이와 어울리지 못했다. 나는 그냥 눈에 띄지 않는 평범한 아이들과 조용히 어울려 다녔다. 이 친구들은 지금도 가장 친한 친구이다. 지금은 나의 결핍을 잘 알지만, 그 당시에는 전혀 이해하지 못했을 것이다.

나는 그냥 집안 좋고, 잘살고, 공부 잘하는 부족한 것 없는 아이였다. 나는 나의 마음을 아무에게도 보여주지 않았다. 어린 시절에는 그런 감정을 인정할 수도, 드러낼 수도 없었다. 그 당시 마음의 힘은 여리고 작았다. 상처를 안 받고 살아가는 것만으로도 힘겨웠다.

고등학교, 대학교 시절에도 나의 인간관계는 별반 달라지지 않았다. 내가 이 두려운 마음을 극복하고 세상에 나아갈 수 있었던 시기는 이십 대 중반쯤 되는 것 같다. 이때부터 나의 자존감은 조금 더 단단해졌고, 인간관계를 두려워하지 않게 되었다. 완전히 극복한건 아니지만, 이전보다 좀 덜 두려워하게 된 것 같다.

사랑받지 못할까 봐, 두려워 하는 마음은 어떻게 하는 것이 좋을까? 가장 좋은 것은 두려운 마음을 인정하는 것이다. 그러나 인정하는 것조차 힘들고 두렵다면 나같이 그냥 잠시 숨겨두자. 모른 척해도 괜찮다. 우리는 두려움이라는 감정을 모른 척해도 사는 데 전혀 지장이 없다.

　두려워도 여전히 친구를 만나고, 애인도 만난다. 불안한 감정에 금방 헤어지거나 관계가 안 좋아질 수도 있다. 그러면 좀 어떤가. 그러면서 맘에 맞는 사람도 만나고, 배신도 당하면서 성장하는 것이다. 항상 좋은 사람만 만나고, 좋은 관계만으로 유지되는 세상은 없다. 아마 그런 삶을 사는 사람이 있다면, 감정의 가식일 것이다. 이 글을 통해 그 시절의 미흡한 나를 만났던 많은 남자에게 미안한 마음을 전한다.

　내 안의 자존감은 나에게 결핍된 사랑을 채워주는 존재이다. 나의 부모도 되고, 애인도 되고, 신도 되어준다. 친구가 없어 외로울 때 나에게 친구가 되어준다. 사랑받지 못할까 봐 두려워할 필요는 없다. 배신당할까 봐 불안해할 필요도 없다.

　친구가 필요할 때 자존감은 나의 친구가 되어준다. 나는 자존감을 친구삼아 영화도 보고, 혼자 카페에 가서 커피도 마신다. 때로는 나를 위해 선물도 사주고, 편지도 써줄 수 있다. 언제나 나만 바라봐 주는 진실한 친구다. 말하지 않아도 나를 가장 잘 알고 이해해준다.

혼자 여행을 떠나 보자. 자존감을 친구삼아 여행을 다녀보자. 낯선 곳에서의 익명성도 즐겨보고, 나 혼자만의 고독한 시간도 보내며, 자존감에 대해서도 생각해보고, 나에 대해서도 깊은 성찰의 시간을 가져보자. 이러한 시간은 세상에 어려움 없이 홀로서기를 할 수 있게 해준다.

온라인상에 혼자 밥 먹기 레벨 9단계가 나온다. 나는 다 해봤다. 혼자 뻔뻔하게 뷔페도 가봤다. 나는 사랑 결핍, 사랑받지 못할 두려움을 극복했다. 자존감을 친구삼아, 옆에 가방을 놓고 혼자 뷔페를 먹어 보아라. 도전에 정말 엄청난 용기가 필요하다. 그러나 용감하게 들어가서 혼자 뷔페를 먹으면, 세상의 모든 두려움이 사라지는 경험을 할 수 있다.

나는 세상에서 나를 가장 사랑한다고 말하고 다닌다. 내가 가장 사랑하는 사람은 내 자신이다. 부모님께서 표현해 주시지 않았던 사랑을 내가 나에게 충분히 표현해 준다. 나의 자존감이 나에게 절대적인 사랑을 표현해 주고 지지해준다. 부모님에게 못 받은 애정을 내 자존감이 채워주는 것이다.

솔직히 자존감만으로 사랑의 결핍, 사랑받지 못할 것 같은 두려움이 완전히 채워질 수는 없다. 그러나 이렇게 자존감에 의지하여 열심히 살아가다 보면 진실한 사랑을 만날 수 있다. 나의 결핍을 채워 줄 수 있는, 사랑받지 못할 것 같은 두려움을 없애줄 수 있는 존재가 나타난다.

어떤 사람에게는 어린 시절 부모님이고, 어떤 사람에게는 선생님이 이 역할을 한다. 좋은 스승을 만나서 인간관계의 믿음을 알게 되는 사람도 의외로 많다. 친구를 통해, 혹은 사랑하는 사람을 통해 이러한 불안을 없애기도 한다.

나도 자존감을 부여잡고 열심히 살았다. 나는 20대 중반이 되어 감정적 결핍을 많이 극복했다. 그러나 나에게 궁극적으로 이러한 결핍을 없애준 존재는 딸들이다. 나에게 끊임없이 애정을 요구하는 딸들을 통해 나는 궁극적 결핍을 없앴다.

신은 우리를 지켜주기 위하여 수호신을 지정해 주신다고 한다. 나는 이 말을 믿는다. 마음의 결핍, 두려움, 불안은 우리를 강하게 해주는 기회이다. 온실 속의 화초는 강하게 자랄 수 없다. 세상의 풍파를 온몸으로 맞으며 이겨낸 들풀만이 강함을 소유할 수 있다.

마음의 결핍을 이겨내기 위하여 아등바등 살아가는 삶을 겪더라도 이겨내자. 그 후에 수호신을 만나야 우리는 그 진정한 가치를 알게 된다. 모든 것이 갖추어진 삶을 사는 사람은 자신에게 나타난 수호신을 알아볼 수 없다.

사랑의 결핍, 불안, 사랑받지 못할 것 같은 두려움, 모두 우리에게 소중한 감정이다. 지금은 그냥 힘들고 그 가치를 모를 수도 있다. 잘

참고 견디다 보면, 언젠가 나의 인내가 빛을 발하는 순간이 올 것이다.

03

상처와 선긋기

나는 이 책을 쓰면서, 잊고 지냈던 과거의 나를 많이 만나게 되었다. 나는 모범생의 모습을 한 똘끼 가득한 문제아였다. 현재 나의 사회적 지위와 위치가 있으므로 말하지 못하는 것들이 한 다발이다. 나는 예전이나 지금이나 한결같이 신뢰의 아이콘이다.

학창시절 아이들이 집에 늦게 가는 이유를 만들거나, 놀러 가는 이유를 댈 때, 항상 나는 첫 번째 이유가 될 수 있었다. 내 핑계를 대면 엄마들은 항상 OK를 해주었다. 나의 이미지는 '바른 생활 학생'이었다. 지금도 그 이미지는 크게 바뀌지 않았다.

그러나 나는 뒤로 호박씨 까기 일인자였다. 엄마와 싸우면 엄마는 "너 같은 딸 낳아서 키워봐라." 하시곤 하셨다. 이 일은 이루어졌고,

나는 나와 닮은 딸을 낳아 키우고 있다. 다행히 나의 딸은 나만큼 많은 문제를 일으켜서 나를 괴롭히지는 않는다. 아이를 키워보니 나 같은 딸이 있으면 어디다 가져다 버리고 싶겠다. 하는 생각이 든다.

나는 어렸을 때 도벽이 있었던 적도 있고, 성추행을 당했던 적도 있다. 학교에서 선생님께 따귀를 맞아 본 적도 있다. 학교 담을 넘다가 잡혀 와, 벌 서기쯤은 예삿일이었다. 나는 문제가 가득한 학생이었다. 하지만 항상 겉보기에 성실함과 좋은 성적을 유지해 왔다.

나도 나의 아픈 과거를 꺼내 드는 것이 쉽지는 않다. 굳이 잘살고 있는 내가 나의 과거를 꺼내어 온 세상에 알리고 헤집을 필요가 있을까. 우리는 모두 마음의 상처를 안고 산다. 그것이 클 수도 있고 작을 수도 있다. 나의 상처를 꺼내어 본다면 절대 작지는 않다.

나는 이것들을 나로부터 격리시키고, 높은 자존감을 유지하며 잘살고 있다. 하지만 아직도 많은 사람은 자신의 상처로부터 헤어 나오지 못하고, 낮은 자존감을 유지하며 살고 있다. 나는 이들에게 도움을 주고자 이 책을 쓰고픈 마음도 어느 정도는 있었다.

나는 초등학교 때 도벽이 있었다. 엄마의 지갑에서 돈을 꺼내 맘껏 써보기도 하고, 피아노 학원에 놓여 있던 작은 주머니를 집어 오기도 했다. 처음에는 그렇게 대단하지 않은 사소한 사건이었을 수도 있다. 바늘도둑이 소도둑 된다는 말이 있다. 결국, 내 도벽의 마지막은 친구와 슈퍼에서 아이스크림을 훔쳐 먹다 잡히는 것으로 막을 내리게 되었다.

나는 어렸을 때 가정에서 충분한 정서적 충족감을 누리지 못했다. 나에게는 항상 마음의 결핍이 있다. 나는 지금도 내 가족들과 마음속 이야기를 나누지 못한다. 힘들어도 엄마에게조차 힘들다고 말해본 적이 없다. 나는 어렸을 때나 지금이나 혼자 이겨내는 것에 익숙하다.

나는 내가 힘들 때 가족에게 말하면 더 힘든 일이 발생한다는 선입견이 있다. 왜냐하면, 나는 내가 힘들 때, 가족들에게 이것을 말하면 문제가 해결되는 것이 아니라 마음의 짐까지 더하는 상황을 겪어 왔다.

설상가상이라는 말이 있다. 눈이 내린 위에 서리가 내린다는 뜻이다. 눈이 내려서 치워달라고 가족들에게 도움을 요청하는데, 내 가족은 여기에 서리를 뿌렸다. 겉으로 보기에는 아닐 수 있지만, 나의 감정적 어려움은 항상 이런 상황을 겪어 왔다.

때로는 가족은 나에게 힘이 되기도 한다. 모든 것을 갖춘 내 가족은 세상에 내가 당당하게 나아갈 수 있는 배경이다. 이것은 예전이나, 지금이나 같다. 아직도 나는 부모님의 힘에 얹혀 세상을 살아가고 있다. 그러나 나의 감정적 필요에 도움이 된 것은 아니다. 나의 마음은 어렸을 때도, 지금도 항상 힘들다. 그리고 이것이 내가 짊어지고 살아가야 하는 십자가이다.

인생에는 많은 아픔과 상처가 있을 수밖에 없다. 오늘, 단 하루에도 상처와 아픔, 슬픔과 절망이 다 들어 있다. 하물며 사십여 년을 살아왔는데 얼마나 다양한 상처들이 내재하여 있겠는가. 신기하게도 마음은 기뻤던 일, 즐거웠던 일은 잘 기억하지 못한다. 항상 아픔, 상처들만 간직하고 있다.

본능에 따라 우리 자신을 보호하기 위하여 부정적인 것을 온몸으로 체득한다. 그 경험을 바탕으로 또 부정적인 일을 다시 부딪혔을 때 상처받지 않으려고 피해 보려 하지만, 감정은 그렇게 쉽게 피해지지 않는다. 외부의 적을 피하듯 간단하게 피할 수 있는 것이 아니다.

나는 피부에 굳은살이 배기듯, 마음에도 굳은살이 생긴다고 믿는다. 나는 가족으로부터의 감정적 상처에 이제는 둔감하다. 아직도 여전히 상처를 받고 살지만, 이제는 또 그러나 보다. 이러고 넘어갈 수 있는 굳은 살이 생겼다.

일회성으로 발생한 일들은 그냥 잘 포장하여 마음 한구석에 처박아 놓자. 내가 그것을 꺼내어 풀어보지 않는 이상, 그것이 나에게 상처 줄 일은 별로 없다. 우연히 어떤 상황에서 마주한 상처를, 또 같은 상황에서 만나기는 쉽지 않다. 자주 만나는 상황이면 굳은살이 배기기를 기다려야 한다.

문제는 내가 자꾸 그 포장을 풀어 쳐다본다는 데 있다. 마음을 잘 다스리면 나 아니면 그 일로 나에게 상처 줄 사람은 없다. 나만 가만히 있으면, 아무도 그 포장을 풀어 나에게 들이미는 사람은 없을 것이다.

성폭력을 당했다면 당장 병원에 가야 한다. 그것은 강력한 트라우마를 일으켜. 외상성 스트레스 증후군을 유발하기 때문에. 정신과적 치료를 받아야 한다. 그러나 우리의 대부분은 그렇게 강력한 외상을 받을 일을 마주치지 않는다. 대부분 성적인 상처가 있는 사람들은 성추행 정도일 것이다.

나 역시 심하지는 않지만, 성추행을 당한 적이 있다. 주변인인 경우도 있었고, 선생님인 경우도 있었다. 요즘 '미투 운동'이 확산하고 있다. 신문, 뉴스 등에서도 많이 다루어지고 있다. 우리나라에서는 다소 정치적으로 이용되는 양상으로 변하고 있어서 아쉽기는 하다.

우리 어렸을 때는 변변한 성교육조차 받지 못했기 때문에 성에 대한 인식도 많이 없었다. 지금 생각해 보면 뉴스에 나올 만큼 대단한 일이지만, 그 당시 나는 그냥 그런가 보다 하고 넘어갔다. 요즘 뉴스에 나오는 모 여고 사건을 나도 경험한 것이다.

선생님께서 교복 속에 손을 넣었던 불쾌한 기억이 있다. 그러나 당시의 나는 '으악!! 기분 나빠' 이 정도의 외침으로 넘어갔다. 아마도 나의 많은 친구도 이 정도 일은 예삿일로 생각했다. 그러나 그중 예민한 한 친구는 비슷한 일로 학교를 빠지기도 하고, 정신과 치료를 받기도 했다.

　이러한 상처들에 대처하는 방법은 두 가지이다. 하나는 여기저기 말하고 다니는 것이다. 이렇게 상처를 여기저기 말하고 다니면, 마음은 이 상처를 대단치 않은 일로 인식한다. 우리가 대단한 일, 큰 상처를 여기저기 막, 말하고 다니지 않지 않는가. 나는 이런 식의 해결방법이 가장 좋다고 생각한다.

　그러나 상처가 너무 커서 나의 입으로 말조차 꺼낼 수 없는 때도 있다. 이런 경우는 그냥 잘 포장해서 묻어두는 방법밖에 없다. 절대 자꾸 꺼내어 쳐다보지 말아야 한다. 나만의 마음의 의식을 만들어 보자. 마음속에서 상처를 잘 포장해서 정말 깊은 곳에 넣어둔다고 생각해보자.

　그 생각이 떠오르려고 하면 마음을 다잡아라. 나는 절대 이 포장을 풀지 않을 거야. 자꾸 상자 밖으로 나오려고 하지 마. 라고 명령을 해봐라. 정말 마음이 아프다면 한번 꺼내어 살펴봐 주는 것도 괜찮다. 우연히 그 아픔이 나로 인한 것이 아님을 쉽게 깨닫게 될 수도 있다.

　대부분 상처는 나로 인한 것이 아니다. 그러나 그것을 치유해야 하는 것은 나의 몫이다. 상처를 받았을 당시의 나는 그것을 감당하기에 너무 어렸다. 한참이 흐른 후, 그 상자를 열어보면 의외로 상처의 크기가 크지 않음을 발견할 수 있었다.

나의 상처에 넘어오지 못하는 선을 그어 주자. 그 선 밖에 나의 상처를 잘 포장해서 쌓아 놓아라. 그리고 가끔 열어 하나씩 쓰레기통에 버리면 된다. 상처는 그냥 상처일 뿐이다. 그것이 우리 마음을 힘들게 하도록 놔두지 말자.

04

미래에 대한 엉터리 각본을 쓰지 말라

'말하는 대로 이루어진다.' 라는 말을 믿는가? 나는 백 퍼센트 믿는다. 좀 더 젊은 시절에 이 사실을 깨달았다면, 더 멋진 인생을 살았을 것이다. 그때도 이 말을 알고 있었고, 믿었다. 그러나 이 말이 얼마나 강력한 말인지 알지는 못했다.

나는 어렸을 때 과학자를 꿈꾸었다. 〈개구쟁이 스머프〉에 나오는 가가멜 같은 과학자가 되고 싶었다. 고3 공부를 눈에 띄게 잘하지도 않았고, 특별히 하고 싶었던 것도 없었다. 나는 대충 성적에 맞춰 숙대 통계학과에 지원했다. 결과는?? 1지망 통계학과에 떨어지고 2지망 화학과에 붙었다. 신기하지 않은가? 그렇게 나는 가가멜같이 실험실에서 빨갛고 파란 시약을 섞으며 대학 생활을 보냈다.

감정 결핍된 가정에서 자란 나는 가정이 화목한 집안의 남자와 결혼을 하고 싶었다. 30세가 넘어가자 나는 서둘러 결혼을 했다. 그 당시의 노처녀 기준은 30세였다. 그 나이가 넘어서 결혼을 안 해도 아무 일 안 일어난다고 왜 아무도 알려주지 않았을까.

다행히 나는 가정이 화목한 남자와 결혼을 했다. 시댁 식구는 정말 화목했다. 가족들 모두 성격도 좋았고, 자주 만나고 항상 화기애애했다. 그런데 희한하게도 화목한 가정 그게 전부였다. 화목한 가정의 남자가 화목한 가정을 꾸릴 수 있다고 생각한 것은 나만의 착각이었다. 그냥 남편이 속한 가정이 화목한 것이었다. 나는 성격 이상한 남편과 같이 사느라 많은 고생을 하였다.

나는 남자 형제만 둘이다. 엄마는 남자 형제만 넷이다. 여성결핍 가정이다. 엄마와 나는 대화가 많은 모녀 사이가 아니다. 나는 항상 자매가 있고, 이모가 있는 친구들이 부러웠다. 나는 결혼 전부터 '딸 둘을 낳아야지'라고 말하고 다녔다. 그리고 나는 지금 예쁜 두 딸과 오순도순 잘살고 있다.

나는 약 15년 전, 책을 읽으면서 그 책 구석에 '나는 45세에 내 집을 가진다.'라고 적어 놓았다. 30대의 내가 생각했을 때, 45세 정도에 집을 가지게 되면 괜찮을 것으로 생각했다. 작년에 나는 45세가 되었다. 집이 생겼을까? 내가 사지 않았다. 내 것인지 아닌지 정체를 알 수 없는 내 이름으로 된 집이 생겼다. 그리고 나는 지금 그 집에 살고 있다.

더 많은 증거를 말해 달라고? 나는 이 책 한 장을 채울 만큼 많은 것을 말해줄 수 있다. '말 잘 듣는 남자와 결혼해야지' 라고 말한 친구는 말 잘 듣는 남자와 결혼을 했다. 잘생긴 남자와 결혼하고 싶었던 친구는 잘생긴 남자와 결혼을 했다. 돈 많은 남자와 결혼하고 싶다고 한 친구는 돈 많은 남자와 결혼을 했다. 거기에 따른 상상 초월의 상황들은 상상에 맡기겠다.

'말이 씨가 된다.', '말조심해라.'

이런 속담이 괜히 있는 것이 아니다. 선조의 지혜다. 내가 하는 말은 결과가 되어 나에게 돌아온다. 그것이 언제가 될지는 아무도 모른다. 내 주변에 항상 투덜거리고 불평불만 많은 사람은 일이 잘 안 풀린다. 최고의 스펙을 가지고도 취직을 못 하는 친구도 있다.

억대 연봉의 직장을 다니면서도 행복하지 않은 사람이 있다. 집안에는 늘 우환이 사라지지 않고, 인생이 꽃길을 걷는 것이 아닌 지뢰밭을 걷는 느낌으로. 언제 어디서 무슨 일이 터질지 모르는 삶을 산다. 이런 친구들을 만나면 마음이 무척이나 아프다. 가장 좋은 조건에 가장 좋은 환경에 살면서, 왜 자기가 가장 불행하다고 하는 걸까.

그에 반해 항상 밝고 긍정적인 사람들은 무엇을 해도 잘된다. 고등학교만 나와서 사업도 잘되고 돈도 잘 번다. 가정도 화목하고, 아이들도 잘 자라준다. 성공한 사람들을 보면 다 밝고 긍정적인 에너지로 가득 차 있다. 같이 있는 것만으로도 강한 에너지를 받는다. 그리고 함께 있으면 기분이 좋아진다.

나는 어렸을 때부터 여러 가지 꿈을 가졌었다. 의도했던, 의도하지 않았던. 그리고 그것들은 다 이루어졌다. 시인이 되고 싶다는 꿈 하나만 빼고. 이 꿈도 언젠가 이루어질 수 있지 않을까.

나의 꿈들은 의외의 방법으로 쉽게 이루어졌다. 내가 확실하게 목표를 잡고 열망하고 몰입했던 꿈은 아니지만, 그냥 우연히 내 인생에 꿈이라는 모습으로 자리했다. 그리고 또 우연히 예상하지 못한 방법으로 이루어져 왔다.

모든 사람은 미래에 대해 꿈과 기대를 하고 살아간다. 나 역시 꿈을 가지고 살아간다. 꿈이 있을 때는 이루어지기를 희망하고, 꿈이 없을 때는 꿈을 찾기 위해 발버둥친다. 그렇게 조금씩 우리는 미래를 향하여 나아간다.

나는 항상 나의 꿈을 잘 모르고 살아왔다. 지나고 나서 내가 그것이 되고 나서야 '아. 이것이 나의 꿈이었구나.' 하고 알게 된다. 나는 주위에서 '항상 꿈을 가지고 살아라.' '목표를 가져라.' 이런 말들을 많이 듣고 살아왔다. 그래서 나는 대부분 사람이 꿈을 가지고 살고 있다고 생각했다.

1979년 하버드 MBA 학생을 대상으로 한 설문조사를 보자. 전체 학생 중 13%의 학생은 목표를 가지고 있으나 기록하지 않았다. 3%의 학생은 목표를 가지고 기록해 놓았다. 나머지 84%의 학생들은 목표가 없었다. 10년 후 이들의 소득을 조사해 보았다. 목표가 있으나 기록하지 않은 학생은 평균 2배 이상의 소득을 가졌다. 목표를 가지고 기록한 3%의 학생은 전체 평균 10배나 소득이 많은 것으로 밝혀졌다.

그러나 우리가 최고라고 생각하는 하버드 MBA 학생들의 84%가 목표를 가지고 있지 않았다. 모든 사람이 목표를 가지고 있을 것이라는 생각은 나의 착각이었다. 내가 꿈을 찾기 위해 발버둥치며 살아온 것은 어쩌면 너무나 당연한 일이다.

목표가 있는 사람과 없는 사람의 소득 차이는 극명하게 나타난다. 우리는 꿈과 목표를 가지고 살아야 한다. '꿈과 목표를 어떻게 찾아야 하는가.' 그것은 내 인생의 영원한 숙제이다. 나는 아직도 인생의 꿈을 찾아 헤매고 있다. 그리고 도전하고 있다.

우리는 미래에 대한 엉터리 각본을 쓰지 말아야 한다. 우리는 주변 사람들로부터 항상 부정적인 피드백을 받고 산다. 내가 이 책을 쓰고자 했을 때 역시 부정적인 반응을 먼저 접했다. 나는 이제 어떤 일을 도전할 때 주변에 말하지 않고 혼자 한다. 부정적인 반응은 나에게 시작하기도 전에 한계를 만들게 한다.

내가 화학과를 졸업하고 치대를 가고자 결심했을 때, 아빠는 "지금 하는 일에 그 노력을 쏟으면 똑같은 성공을 할 수 있다. 뭐 하러 굳이 치대를 가느냐." 하셨다. 내가 그때 도전하지 않았다면 나는 지금의 위치에 있을 수 없었을 것이다.

나의 미래를 위하여 목표를 설정하고 매진해야 한다. 주변에 부정적인 반응에 영향을 받아서는 안 된다. 하고 싶은 일이 있고, 그것이 명확하다면 주변에 알리지 말고 그냥 해라. 잘 모르겠으면 명확해질 때까지 자신에게 계속 묻고 생각해야 한다.

목표와 꿈을 선정하는 데 신중하자. 내가 지금 생각한 꿈과 목표가 정확하게 이루어진다고 생각해라. 내가 어렸을 때 어설프게 생각했던 꿈들은 그 어설픈 방법으로 이루어졌다. 항상 늦었다고 생각한 지금 이 순간이 나의 인생에서 가장 빠른 시간이다.

목표와 꿈을 가지고 인생에 매진할 때 우리는 높은 자존감을 가지게 된다. 내가 생각하는 자존감을 키우는 가장 좋은 방법은 목표에 매진하는 것이다. 한 곳을 바라보고 작은 것부터 하나씩 이루어 나갈 때 성취감을 느낄 수 있다.

나는 사십 대 중반에 다시 책을 써보겠다는 꿈을 가졌다. 그리고 도전하고 이루어 가는 중이다. 100세 시대에 나의 미래를 위하여 명확한 각본을 만들어 보고, 이것을 위하여 도전하자. 어느 날 더 멋진 나 자신이 되어 있을 것이다.

05

No 속에 숨은 비밀

당신의 선량함에는 반드시 가시가 있어야 한다. 그렇지 않으면 그 선량함은 없는 것이나 마찬가지다. -랄프 에머슨-

지나친 헌신은 헌신짝의 지름길.
가만히 있으니까 가마니로 보이니?
왜 늘 나만 이해해야 해
아니라고 말하는 게 뭐가 어때서

어떤 느낌이 드는가? 나는 '아! 딱 나다.' 이런 느낌이 들었다. 나는 일명 '호구'다. 어떤 사람을 '호구'라고 할까? 호구는 손해를 보는 데 익숙하다. 습관적으로 남의 눈치를 보고, 가까운 사람의 부탁을 거절하지 못한다.

"너같이 까칠한 사람이 무슨 호구!" 주변 사람들은 나에게 이렇게 말할 것이다. 그러나 나를 깊이 아는 사람들은 안다. 진정한 호구라는 것을. 내가 호구 짓 한 것을 말하면 한 트럭 분량은 될 것이다. 지금도 여전히 호구 짓을 하는 현재 진행 중인 일들이 있다.

나는 선량한 사람이다. 그래서 가시를 가졌다. 나의 선량함을 지키기 위해서 가시를 만든 것이다. 나의 가시는 다양한 형태로 나타난다. 그중 가장 많은 부분은 'No' 라고 말하는 것이다. 물론 나는 에둘러서 말하는 기술 역시 가지고 있다. 말로 하기 힘들 때는 온몸으로 표현하는 기술도 가지고 있다.

이런 다양한 기술을 가졌어도 가까운 사람들에게는 호구 짓을 당한다. 나의 선의, 호의를 호구로 받아들이고 이용하려는 사람은 어디에나 존재한다. 가까운 사람들에게는 어쩔 수 없다. 내가 좋아하는 가까운 사람들에게는 아무리 호구가 되어도 즐겁다. 먼저 호구가 되기를 요청하기도 한다. 그들에게만큼은 기꺼이 호구가 되어줄 수 있다.

하지만 가깝지만 좋아하지 않는 사람에게는 No. 한두 번은 세상에 선행을 베풀었다. 생각하고 포기한다. 두 번 이상이면 멀리 거리감을 두게 된다. 나는 무조건 삼세판이다. 감사할 줄 모르는 사람에게는 나의 선의를 베풀면 안 된다.

타인에게 자신을 과도하게 허용하는 것은 자신에 대한 학대이다.

나는 나를 보호할 의무를 지고 있다. 아무리 착한 사람들도 호구 역할을 하고 나면 과도하게 스트레스를 받는다. 처음에 나는 내 성격이 나빠서 스트레스를 받는 줄 알았다. 그러나 나의 천사 같은 착한 친구도 호구가 되면 스트레스를 받았다.

호구 역할을 하면 대부분 사람은 선행을 베풀고도 과도한 스트레스 상황에 빠지게 된다. 이것을 방지하기 위하여 우리는 'No'를 외쳐야 한다. 이것이 'No'가 가진 힘이다. 세상으로부터 나를 보호해주는 차단막이다.

우리는 주변이 어떻게든 화목해야 한다는 강박이 있다. 이 주변의 화목, 가족의 평화가 나로 인해 깨지면 안 된다는 강박이다. 좋은 관계, 안정적인 관계를 깨지 않기 위해서 우리는 갈등을 회피한다. 그리고 거절과 No라 말할 수 없게 만든다.

나 역시 착한 여자 콤플렉스를 가지고 있다. 집에서는 착한 딸이어야 하고, 나의 가정에서는 헌신하는 엄마여야 했다. 나 자신을 온전히 버리고 가정과 아이들을 돌봐야 했다. 우리 사회는 여성에게 이러한 역할을 더 많이 요구하는 것 같다.

모든 워킹맘이 회사에서, 가정에서 발목 잡혀 눈칫밥을 먹는다. 가정에서는 돈을 얼마나 번다고 집을 이 난장판으로 몰아넣느냐. 이런 비난들을 온몸으로 받게 된다. 나 역시 그랬다. 아이들을 쫓아다니느라 병원을 자주 비우게 되자, 환자들의 불평불만을 온몸으로 받아야 했다. 집에서는 '우리 집은 왜 편안히 쉴 수 있는 곳이 안 되느냐' 라는 남편의 불평을 들어야 했다.

이런 상황에서 나는 'No'라고 말하지 못했다. 나는 나의 남아 있는 에너지를 더 긁어모아 더 열심히 하는 수밖에 없었다. 조금 더 일찍 일어나 집안일을 했고, 아이들을 돌봤다. 그러나 어느 순간 알았다. 이렇게 더 열심히, 더 헌신적으로 사는 것은 나를 위한 삶이 아니었다.

내 인생은 나의 것이지 아이들과 남편을 위한 것은 아니라는 깨달음을 얻었다. 나는 과감하게 착한 여자 콤플렉스를 발로 '뻥' 차버렸다. 그놈의 착한 여자는 개나 줘버려!!! 그리고 나는 이 세상에 당당해지기로 했다.

아이들을 봐주시는 친정에도 더 당당해질 수 있었다. 처음에는 한없이 죄송한 마음만 가지고 있었다. 고마운 마음, 미안한 마음. 착한 여자 콤플렉스를 벗어버린 순간 나의 마음은 변하기 시작했다. '그래, 부모님께서 나이 드시고 힘이 없어지시면 우리 딸들이 돌봐 드릴 거야.' 나는 부모님과 딸들을 관계를 그들끼리의 관계로 바꿔 버렸다.

그리고 친정엄마가 아프신 어느 날, 우리 딸은 정말로 병원에서 할머니 옆을 잘 지켜 드렸다. 그 일이 있고 난 후, 더는 친정엄마가 아이를 돌봐주시는 데 대한 심적 부담을 가지지 않게 되었다. 내가 없을 때 우리 병원에 방문하는 환자에 대해서도 마찬가지다. 세상에 이렇게 많은 병원이 있는데, 다른 곳을 가도 되고, 꼭 나를 찾는다면 미리 연락하고 오겠지. 라고 편한 마음을 가지게 되었다.

직장, 친정, 시댁, 남편, 아이들 모든 곳에서 나는 '을'이었다. 그러나 나는 이제 이 세상에서 '갑'으로 살기로 했다. 그리고 나는 갑이 되었다. 나를 필요한 모든 곳의 불평불만을 나에 대한 부탁으로 바꾸기로 했다. 그리고 나는 현재 세상에 절대 '갑'으로 잘살고 있다.

세상 모든 일은 마음먹기에 달렸다. 옛말이 하나도 틀린 것이 없다. 나는 '갑'으로 살기로 하면서부터 인생이 달라졌다. 내가 하고 싶은 것을 했고, 못하는 것은 과감하게 NO라고 말했다. 집이 지저분하다고 불평하는 남편과 아이들에게 큰소리를 쳤다. 직접 치우든지 참든지.

애 엄마가 어쩌고저쩌고, 집안 살림이 어쩌고저쩌고, 일도 제대로 못 하고 어쩌고저쩌고. 나는 이런 나를 향한 부정적 감정들에 강력한 레이저를 쏘았다. 눈에 온 힘을 주고 에너지를 가득 채워 레이저를 쏘았다. 말로 할 수 없는 일들에 나의 거부 에너지를 무한 발사했다.

사람들은 그 에너지를 느끼면 사람들은 조용히 입을 닫는다. 내가 직접 말 못 하는 대상은 주로 우리 아빠와 시아버지 정도? 아이들은 시도 때도 없이 나의 레이저를 받는다. 특히나 공공장소에 있을 때 나는 아이들에게 강력한 레이저로 행동을 자제시킨다.

내가 세상의 불만을 거절하기로 하면서부터, 나에게는 다양한 거절의 방법을 익힐 기회들이 생겼다. 부드럽게 'No' 라고 말하는 방법도 익히게 되었다. 내가 원치 않는 분위기로 일이 진행되는 것 같으면 그 자리를 벗어나서 차단하는 방법과 온몸으로 거부의 에너지를 보내는 방법도 알게 되었다.

지금 당장 결정을 해라. 나는 이 세상의 주인이고, 절대 '갑' 이다. 세상은 꼭 화목하지 않아도 되는 곳이다. 내가 모든 문제를 해결하겠다 생각하지 마라. 'NO' 속에는 나를 보호하고 온전한 나의 삶을 살게 해주는 비밀이 담겨있다. 세상에 'No' 라고 외쳐라.

06
우리는 부정적인 것에 끌리는
유전자를 가졌다

　　부우웅! 선글라스를 쓴 한 젊은 남자가 위 뚜껑을 열어젖힌 채 노란 페라리를 타고 지나갔다. 당신은 무슨 생각을 했는가?

　　내 머릿속을 스치는 생각은 멋진 차다. 비싸겠다. 공기도 나쁜데 뚜껑은 왜 열고 다니지? 차가 바닥에 딱 붙어서 매연 다 마시는 거 아니야? 나는 높은 차가 좋은데. 젊은 남자가 좋은 차 타는 것 보니 부모님이 돈이 많나 보다. 둘밖에 못 타는데 저런 차는 가족 있는 집에서 영 쓸모없지.

　　수억짜리 멋진 차를 보고 내 머릿속을 스치는 생각은 '갖고 싶다', '성공해서 페라리 사야지.' 이런 생각은 없다. 온통 내가 저 차를 못 사는 게 아니고 안사는 것뿐이라는 듯이 차에 대한 부정적인 이유만

줄줄이 생각하고 있었다. 이건 나의 의도된 생각이 아니고, 본능에 따라 순간 떠오른 생각이다. 아마 지금 이 글을 읽고 있는 당신도 거의 같은 생각을 했을 것 같다.

인간은 동물이다. 자신을 보호하려는 본능이 우세하게 지배하고 있다. 이것은 주로 부정적인 생각으로 나타난다. 우리는 어떤 일을 마주했을 때, 부정적인 생각이 본능으로 뇌를 지배한다. 아주 익숙한 것들은 처음부터 긍정적인 즐거운 감정을 일으킨다. 그러나 대부분의 처음 마주하는 상황에 좋은 생각을 주로 하게 되는 사람은 없다.

우리가 부정적 사고를 하고 있거나 의도적으로 그러는 것은 아니다. 동물적인 본능이 우리를 이렇게 생각하게 만드는 것이다. 처음 보는 것을 좋게 생각한다면 경계심 없이 아무것이나 덥석덥석 가지려고 할 것이다. 이것은 우리를 보호하려는 본능에 반하는 것이다. 위험한 상황에 쉽게 노출될 것은 불 보듯 뻔한 사실이다.

태어나서 성인이 될 때까지 우리는 긍정적인 말을 얼마나 듣고 살까? 내 생각에는 90%는 부정적인 말이고, 10% 정도의 긍정적인 피드백을 받으면서 살지 않을까 싶다. 좀 더 받는다면 20% 정도의 긍정적인 말을 들으며 살 수도 있다. 하지만 대부분은 부정적인 말만 듣고 산다.

내가 책을 쓰겠다고 말했을 때, "멋지다. 해봐"라고 말한 사람은 주변에 단 한 명밖에 없었다. 대부분은 '돈 엄청 들걸', '요즘 정말 내용 없는 책 많이 나오는 거 알지?', '특별한 아이템도 없잖아.' 등등 부정적인 반응이 끝도 없었다. 이런 주변의 부정적인 반응 때문에 우리는 많은 것을 포기하고 산다.

당신 주변을 둘러보자. 당신이 무엇을 할 때, 긍정적인 말을 해주고 절대적인 응원을 보내는 사람이 몇 명이나 있는가? 나는 수많은 내 친구들, 친척 중에 단 한 명이 있다. 그 친구는 내가 무엇을 해도 부정적인 말을 하지 않는다. 내가 무엇을 시작하기 전에 솔직하게 물어보는 유일한 친구이다.

아마도 내가 주변 사람들의 말에 귀를 기울였다면, 치과의사도 안되었을 것이다. 이 책 역시 세상에 나오지 못했을 것이다. 어느 날부터인가 나는 주변에 말하지 않고 내가 하고 싶은 일에 도전한다. '할까 말까, 이 일을 해도 괜찮을까?' 하는 의심이 든다면 그냥 한다. 실패하면 주변이 모르니 창피할 일도 없고, 성공하면 대박이다.

우리는 이 평범한 세상에서 자존감을 높이려고 해도 높아질 수가 없다. 자존감이 자랄 틈이 없는 것이다. 온 세상이 하늘 높이 날려는 나를 붙잡아 끌어내리는 것 같아서 높이 나는 것은 포기하고 그냥 열심히 달리는 정도로 만족하게 된다. 그나마 달리는 것도 포기하고 그냥 슬렁슬렁 걸어 다니는 사람이 주변에 널렸다.

나의 큰딸은 초등학교 저학년 때 폭력적인 아이였다. 워낙 키도 크고, 덩치도 컸다. 목청은 얼마나 큰지 기차 화통 삶아 먹은 소리가 이런 소리겠구나! 라는 걸 저절로 느낄 수 있었다. 행동도 엄청 커서 팔 한번 휘두르면 주변 몇 명은 맞았다고 울고불고하는 상황이 매번 발생했다. 우리 딸은 의도치 않게 폭력적인 어린이로 찍혀 엄마들의 질타를 받았다.

나는 진짜 문제가 있나 싶어서 심리검사를 받았다. 심리결과검사 특별한 이상은 없는 정상 어린이라고 밝혀졌다. 그 과정에서 엄마, 아빠도 모두 같이 심리검사를 진행했다. 심리검사 결과를 설명해주시는 분의 상담은 우리의 상황이 현재 어떠한지 보여 주었다.

우리 딸의 문제는 엄마가 너무 긍정적이어서 아이가 문제 해결 능력을 잘 키우지 못하거나 문제를 문제로 받아들이지 않는 경향이 생길 수도 있다고 했다. 현재 그렇다는 것은 아니지만, 엄마가 긍정적이어서 문제가 발생할 수 있다는 것이다.

한번은 남편과의 문제로 심리검사를 받을 일이 있었다. 이 심리검사의 결과는 '내가 오빠에게 열등의식을 느끼고 있어서 문제가 발생하는 것'이라고 했다. 나는 아들 둘 사이에 낀 딸이다. 내가 비록 문제를 많이 일으키며 자라긴 했지만 귀한 외동딸이다. 내가 왜 오빠에게 열등감을 느끼겠는가. 게다가 우리 엄마가 특별히 오빠를 챙기는 스타일도 아니었다.

사람들은 어떤 일이 생기면 부정적인 설명을 하려고 노력한다. 긍정적으로 설명하면 문제가 아니라고 생각해서 그러는 걸까? 아니면 긍정적인 설명을 하는 것을 가르치지 않는 것일까? 문제가 있는 사람만 심리검사를 한다는 견해가 있는 것일까? 나는 여러 가지가 궁금해졌다.

우리의 삶은 그냥 놔두면 항상 부정적인 쪽으로 흘러간다. 긍정적인 방향으로 삶을 이끌고, 긍정적인 생각을 하려면 항상 의식을 긍정적인 방향으로 이끌려고 노력을 해야 한다. 나는 심리검사 결과 너무 긍정적이어서 문제인 사람이다. 그러나 나 역시 의식하지 않으면 부정적인 생각에 휩싸인다.

이 부정적인 생각을 지속해서 차단하고 긍정적인 생각으로 바꾸기 위해 노력을 한다. 이것은 생각보다 정말 어렵다. 왜 그럴까? 온종일 지속적으로 부정적인 생각이 나의 뇌를 지배하기 때문이다. 아닐 것 같은가? 삼십 분마다 내가 하는 생각이 긍정적인 생각인지 부정적인 생각이지 체크를 해보자. 내가 얼마나 부정적인 생각을 많이 하는지 깜짝 놀랄 것이다.

24시간 긍정적인 생각을 할 수는 없다. 만약에 24시간 내내 그 즐거운 정도가 지나치다는 생각이 든다면, 이런 사람은 '조증' 일 확률이 높다. 비정상이니 24시간 긍정적인 생각을 하려고 노력하기보다는 일상에서 내 생각을 자주 드려다 보자. 그리고 그 생각이 부정적이라면 빨리 긍정적인 생각으로 바꾸어 주자.

잘 안 된다. 그렇다면 시간을 정하라. 매 시각 정각마다 내 생각을 점검해 보고, 그리고 그 생각을 긍정적인 생각으로 바꾸어 주자. 자주 하면 습관적으로 긍정적인 생각에 익숙해지고, 부정적인 생각을 안 하거나 긍정적인 생각을 주로 하게 될 것이다. 나 같은 경우는 부정적인 생각이 들면 바로 알아차린다. 내 몸은 부정적인 생각이 들면 바로 우울한 느낌을 느끼기 때문이다.

나는 그 느낌이 바로 느껴진다. 그리고 즐거운 생각으로 바꾼다. 그냥 한번 웃어주거나, 노래를 흥얼거려주는 것만으로도 기분은 금방 전환된다. 자존감은 부정적인 것을 제거하고 긍정적인 것을 획득함으로써 얻어질 수 있다.

난 정말 못하겠다. 이런 사람은 좀 더 쉬운 방법을 알려 주겠다. 좋아하는 문장을 만들어라. '나는 항상 즐거운 사람이다.', '나는 긍정적인 사람이다.' '나는 점점 긍정적으로 변해가고 있다' 이런 간단한 문장을 정하자. 그리고 삼십 분에 한 번씩 한두 번 중얼거려 보자. 삼십 분이 너무 짧으면 한 시간에 세 번이라도 해보기를 권한다. 그러다 보면 나의 의도와 무관하게 긍정적인 사람으로 변하게 된다.

지금 '나는 즐겁다' 이렇게 말해봐라. 기분이 즐겁지 않은가? 나는 살짝 미소를 지었다. 우리의 말에는 힘이 있다. 나의 감정 조절이 어렵다면 감정 조절이 가능한 말로 나를 조절하자. 긍정적이고 밝은 사람으로 바뀔 것이다.

07

마음의 필터, 판단을 멈춰라

　　인생에는 한없이 바닥으로 추락하는 힘든 시기가 있다. 당신에게는 그 시기가 언제였는가? 나는 삼십 대 결혼하고 아이 키우는 시절이 내 인생의 암흑기였다. 바닥을 알 수 없을 만큼 깊은 나락으로 떨어지고 있었다.

　모든 것이 힘들었다. 가장 기본적인 욕구인 씻고, 자고, 먹는 것조차 힘들었다. 결혼해서 살림하는 것은 평생 공부만 했던 나에게 그렇게 만만한 일이 아니었다. 그러나 세상 누구도 나에게 그것이 힘든 일일 것으로 생각하지 않았다. 특히 남편은 청소하고 밥하는 것이 당연히 나의 일이라 생각하는 듯했다.

　나의 시아버지는 입버릇처럼 나에게 "손에 물 한번 안 묻히고 자란 막내아들이 저렇게 아이를 키우는 것을 보니 너무 대견하다."라고 말씀하셨다. 나도 손에 물 한번 묻히지 않고 컸다. 더더구나 애들은 남편이 아니라, 내가 다 키우고 있었다.

눈뜨면 일의 시작이고, 잠들어도 일은 끝나지 않았다. 아침에 직장으로 출근하고, 저녁에는 집으로 출근 했다. 365일 애들은 나를 붙들고 있었고, 나 혼자 있을 시간은 조금도 없었다. 주말에는 시댁으로 친정으로 다녀야만 했다.

나의 감정은 점점 나락으로 떨어졌다. 친구를 만날 시간도 없었고, 주변에 나의 이야기를 들어주고 공감해 줄 사람도 없었다. 밤에 혼자 이불 속에서 눈물을 훔쳐야만 하는 힘든 시간이었다. 이렇게 산후 우울증이 오는구나! 라고 느끼면서 우울증이라는 병을 갖게 되는 것이 그다지 어려운 일이 아니라는 것을 깨달았다.

나는 살아남기 위해서 나의 감정을 차단했다. 힘듦, 우울함, 즐거움까지 모든 감정을 닫고 그냥 하루하루를 살아갔다. 시댁에 가서는 귀머거리 3년, 벙어리 3년. 이 말을 열심히 실천했다. 그냥 기계적으로 시댁에 갔고, 가서 로봇이 된 것처럼 주방 일을 해냈다.

나는 아무 불평도 하지 않고 그냥 자리를 지켰다. 그 당시 나의 자존감은 완전히 실종되었다. 내가 이러려고 평생 공부했나? 와 같은 비관적인 생각들을 하지 않기로 했다. 나는 아이들을 많이 사랑하지 않았었다. 그냥 나 자신을 집으로 출근한 가사도우미 정도로 생각하고 살았다.

다만 아이들에게는 감정표현을 풍부하게 해 주려고 했다. 나는 별 감정을 느끼지 않으면서도 아이들에게 사랑하는 표현을 잘할 수 있었다. 즐겁지 않아도 아이들에게 장난을 걸어주고 재미있게 놀아 주었다. 나는 그렇게 힘든 시간을 버텨냈다.

두 명의 시누이는 직장인이었고, 남편은 워킹맘인 큰누나와 10년 넘게 살았다. 그래서 나는 그가 워킹맘의 삶을 잘 이해할 거로 생각했다. 그러나 그것은 나의 큰 오산이었다. 그는 아주 보수적인 충청도 남자였을 뿐이었다.

그가 본 것은 힘겹게 사는 워킹맘 시누이가 아니었다. 이른 시간 퇴근해서 집안일까지 잘하는 초등 교사 시누이를 본 것이다. 그러다 보니 나에게 일찍 퇴근하고 방학까지 있는 초등교사의 삶까지 요구한 것이다.

나는 그렇게 모든 감정을 차단하고 시간을 보냈다. 기계적으로 내가 해야 하는 일들을 처리해 갔다. 아이들이 커감에 따라 힘들었던 일들이 점점 줄어들었다. 그리고 닫아 놓았던 나의 감정을 열기 시작하면서 감정을 느끼는 나로 다시 돌아왔다.

나는 감정을 차단해도 잘 웃고 밝은 모습으로 다닌다. 나의 감정과 나의 행동은 같은 근원을 갖지 않는 것 같다. 좀 이상한가? 나는 아무리 힘들고 어려운 일이 있어도 항상 얼굴에 미소를 짓고 살아간다. 나는 어렸을 때부터 스스로 웃는 연습을 많이 했다. 마음이 힘들 때, 어려운 일이 닥쳤을 때 더 많이 미소 지었다.

대부분 사람은 이런 감정조절이 쉽지는 않을 것이다. 방법은? 내가 아는 유일한 방법은 '웃기'이다. 힘들 때 거울을 보고 한번 웃어봐라. 힘든 건 힘든 것이고 웃는 건 웃는 것이다. 우리가 힘들어도 밥은 먹고, 잠은 자듯이 미소도 지을 수 있다.

내가 아이를 키우면서 가장 힘들었던 점은 '엄마 탓'이었다. 무슨 일이 발생해도 엄마 탓이었다. 아이가 아파도, 다쳐도, 싸워도 엄마 탓이다. 키가 안 자라도 엄마 탓이고 공부를 못해도 엄마 탓이다.

물론 그렇지 않은 집도 많을 것이다. 하지만 아주 가끔은 '도대체 애 엄마가 되어서.'라는 말을 듣게 된다. 그리고 이 상처는 평생 마음에 남게 된다. 아무도 내 탓을 안 해도 나는 나 스스로 내 탓을 하게 된다.

나의 큰딸은 초등 1학년 때 폭력적인 어린이로 낙인이 찍혔다. 목소리도 크고, 덩치도 크고 아이들과 다툼도 많았다. 하루는 친구 엄마들로부터 전화를 받았다. 이때 나는 많은 생각을 했다. 내가 일하느라 항상 시간에 쫓기고 아이에게 불안감이 들게 했나? 아이들을 혼낼 때 너무 큰소리를 낸 것은 아닐까? 나 닮아서 성격이 극성맞은가? 애정 결핍인가?

여기에 아빠 탓은 하나도 없었다. 다 내 탓이었다. 아무도 나에게 뭐라고 하는 사람이 없는데 나 스스로 내 마음에 화살을 쏘고 있었다. 물리적인 일을 처리하기도 바쁘고 힘든데, 나 스스로 감정의 무덤을 파고 있었다.

나는 아이에게 발생하는 모든 일은 내 탓이 아니라고 생각하기로 했다. 그것은 단지 아이가 자라면서 발생하는 문제일 뿐이었다. 나 스스로 나에게 화살을 쏘지 말자. 다른 사람이 쏘는 화살도 피해라. STOP을 외치자. 그 자리에서 멈춰 서서 다시 시작하자.

감정은 배제하고 사실만 받아들이자. 딸은 현재 폭력적인 어린이다. 그냥 여기에서 시작하면 되는 것이다. 폭력적인 어린이가 된 이유가 무엇인지, 그것이 나의 양육방식의 문제 때문인지는 중요하지 않다. 지금 이 시점에서 폭력적인 어린이인 이유를 찾아서 해결하면 되는 것이다.

나는 딸을 데리고 심리검사를 했다. 상담결과는 별문제는 없었다. 담임선생님을 찾아가서 상담했다. 선생님 역시 아이들이 커가는 과정이라고 너무 걱정하지 말라고 했다. 다른 아이들의 엄마들은 계속 우리 아이를 문제아 취급을 했지만, 시간이 지나고 딸은 잘 자라 주었다.

그렇게 많은 문제를 일으키던 딸은 초등학교 6학년이 되고 졸업을 했다. 여전히 우리 딸을 싫어하는 엄마들은 존재했다. 졸업식 날 학교에 가는데 학교 보안관 아저씨가 나를 불렀다. 졸업하는 학생 중에 두 명이 자신에게 편지를 써서 주었다는 것이다. 그 한 명이 나의 딸이었고, 아저씨는 고맙다고 딸에게 작은 선물을 주었다.

살아가면서 우리는 많은 문제에 직면하고 산다. 그리고 대부분의 일에서 누군가가 나를 탓하고 원망하게 된다. 우리는 남에게 책임을 돌리는 데 익숙한 세상에 살고 있다. 그 화살을 받아서 나의 심장에 꽂거나, 스스로 화살을 만들어 내 마음에 쏘지 마라. 화살을 맞았다면 빨리 제거해라. 절대 두 번째 화살을 다시 맞지 마라.

폭력적인 어린이로 모든 엄마의 비난을 받았던 딸이 전교에서 가장 멋진 어린이로 졸업했다. 모든 문제는 멋진 미래를 만들기 위한 기회이다. 화살을 잘 피하고 막아라. 그리고 그냥 삶의 원칙을 잘 고수하고 살아가면 모든 문제는 해결된다. 어려운 일은 사실만 인지하고 넘어가자. 부정적인 감정에 눌리지 말자. 어려운 상황에서 항상 미소를 지어보자.

08

열등감은 나에 대한 잘못된 사랑이다

옛날 어느 나라에 잘생긴 왕자가 살고 있었다. 이 왕자는 모든 것을 가지고 있었음에도 옆 나라 왕자와 자신을 비교하며 열등감에 빠져들었다. 이 나라를 지나가던 어느 마녀는 잘생기고 모든 것을 가졌지만, 마음 상태가 엉망인 왕자를 만났다. 마녀는 장난으로 마법을 걸었는데 마음이 황폐한 왕자는 그 마법에 걸려 야수로 변했다.

왕자는 야수의 모습으로 더욱 심한 열등감에 빠져들었다. 왕자의 점점 심해지는 열등감에 온 나라로 마법은 번져나갔다. 시간이 흘러 마을을 지나가던 미녀가 야수를 만났다. 이 빛을 가득 머금은 미녀는 야수의 열등감에 휩싸인 모습이 안타까웠다. 미녀는 야수의 아픈 마음을 사랑해 주었고, 자존감을 회복한 야수는 다시 멋진 왕자님으로 돌아왔다.

　모든 것을 다 가지고도 자신의 마음에 계속 상처를 주는 사람이 있는가 반면, 아무것도 갖지 못했어도 자신을 사랑하고 당당하게 살아가는 사람도 있다. 열등감도 나에 대한 사랑이다. 옆 나라 왕자보다 더 잘하고, 잘되고 싶은 욕심이 그에게 열등감이라는 감정을 갖게 하였다. 아마도 자기 자신을 사랑해서 더 발전시키고 싶었던 마음이었을 것이다.

　그러나 그 사랑과 욕심을 자기 발전을 위해 사용하지 못하고, 남과의 비교와 자격지심에 쏟아 붓는 잘못된 생각을 하였고, 결국은 자신이 가진 많은 것에 집중하지 못하고 옆 나라 왕자보다 부족한 면에 집중하는 것이다. 왕자는 자신이 갖지 못한 것을 채우기 위해 발버둥을 치기보다, 자신에게 조금만 너그러웠다면, 혹은 자기가 가진 풍부함을 부족함과 동시에 볼 수 있었다면 야수가 되지 않았을 것이다.

　내가 좋아하는 사람 중에, 영국 출신 작가 닐 게이먼이 있다. 그의 저서와 수상 경력을 보면 어마어마하다. 내가 대충 세어 보았을 때 한 80권 내외의 저서가 있는 것 같다. 그의 유명한 작품으로는 코렐라인, 그레이브야드 북 등이 있다. 그는 유명한 작가인 동시에 각본가이기도 했다. 유명한 영국 드라마 〈닥터 후〉의 각본을 쓰기도 했다. 뉴

베리상, 휴고상 등 수상 경력도 화려하다. 그리고 미국만화 심슨에 게 스트로 출연하기도 했다. 생긴 것도 정말 멋지게 생겼다.

그는 본인의 글은 쉽게 써진다고 했다. 그래서일까? 이 유명하고 능 력 있는 작가는 본인이 큰 능력을 갖추지 않았다고 생각했다. 어쩌다 쓴 글, 혹은 본인이 좋아서 쓴 글이 명성을 얻게 되면서 힘들게 나가 서 일하지 않아도 돈이 벌리게 된 것이다. 그 자신은 이러한 일들이 자기가 사기꾼이라고 느껴진다고 했다. 능력도 없는데 자신이 쓴 책 이 잘 팔리고 명성을 얻게 되었다고 생각했다.

하물며 우리 같은 평범한 사람은 어떻겠는가. 나는 남들이 부러워 하는 치과의사이다. 그러나 나 역시 '나는 공부를 그다지 잘하지 않았 어, 그냥 남들보다 운이 좋았지.' 이렇게 생각했다. 나는 지금도 내가 의사가 될 만큼 공부를 잘했다고 생각하지 않는다. 주변에서 '공부 잘 하는 사람은 뭐가 달라도 달라.' 라고 말하면 나는 그것은 사실이 아니 라고 말한다.

어쩌면 왕자도 진심으로 본인이 대단하지 않다고 생각했을 것이다. 심리학에서는 가면현상, 가면 감정, 가면 증후군 등으로 설명한다. 솔 직히 심리학 용어들이 잘 와 닿지는 않는다. 그것이 열등감과는 약간 다른 것 같다. 하지만 이것도 자존감 부족으로 나타나는 현상이라고 생각된다. 어떤 감정적인 결핍을 나타내는 것임이 틀림없다.

닐 게이먼은 이 감정을 그냥 인정하고 살아가는 것 같다. 여전히 책도 많이 쓰고 각본도 쓰고 있다. 나도 그냥 그런 감정이 있나 보다 하고 살고 있다. 좀 친한 사람한테는 '나 잘났어.' 호기도 부려보고, 낯선 사람에게는 '아니에요, 운이 좋았어요.' 라고 겸손도 떨어본다. 내심 '운도 실력이다' 라고 생각하기도 한다.

우리는 모두 열등감을 가지고 살아간다. 열등감이 없는 사람이 있을까? 내가 단언하건대 없다. 현대사회는 너무나 복잡하고 다양한 양상을 가지고 있다. 분야도 다양하고 지속해서 새로운 것들이 나타난다. 내가 어떤 한 분야에서 뛰어나다고 할지라도 그 외의 부분에서는 미흡할 수밖에 없다.

또한 어떤 분야에서 아무리 뛰어난 한들, 나보다 더 뛰어난 사람이 곳곳에 널렸다. 뛰어난 사람이 무수히 많은 세상에 우리는 살고 있다. 열등감은 비교로부터 나온다. 절대적으로 누구나 열등감을 가질 수밖에 없는 세상이다.

그러나 열등감을 대하는 마음은 사람마다 다르다. 어떤 이들은 열등감으로 힘들어하고, 어떤 이들은 그냥 그런가 보다 하고 넘어간다. 아마도 최고가 되고 싶은 열망, 완벽함을 추구하는 사람들은 열등감이 심할 것이다. 혹은 부모님으로부터 지속적인 비교 당함에 노출되었던 사람은 열등감이 더 심할 수도 있다. 열등감이라는 것 자체가 비교를 시작으로 하기 때문이다.

우리는 자신이 열등감을 가질 수밖에 없음을 인정해야 한다. 인터넷, 통신의 발달로 우리는 더 쉽게 열등감에 노출되게 된다. 블로그, 인스타그램, 페이스북을 보고 있으면 세상에는 잘난 사람밖에 없다. 다들 외국 여행만 다니고, 명품만 들고 다닌다. 맛집은 왜 그렇게 많고 꾸미기는 얼마나 잘 꾸미는지.

세상에 잘난 모습만 보이고 싶은 것이 사람의 마음이다. 그리고 아주 가끔 멋진 모습일 때 그것을 기록에 남기게 된다. 매일 집에서 후줄근하게 있는 모습을 뭐하러 인터넷상에 올리겠는가. 또한, 그런 글이 올라와도 우리는 좋은 모습만 본다.

오래전 농경시대에는 열등감을 느끼는 사람의 수가 적었을 것이다. 기껏해야 만나는 사람은 멀어봤자 옆 동네 사람들이다. 비교 대상이 지금보다 현저히 적을 수밖에 없다. 하지만 지금 우리는 지구 상의 모든 인구가 나의 비교 대상이 될 수 있는 시대에 살고 있다.

우리가 할 수 있는 일은 세상에 잘난 사람이 많음을 인정하는 것이다. 다른 방법이 없다. 일도 나보다 잘하는 사람이 '있다'가 아니라 '엄청 많다.' 이런 사실을 핑계 삼아 안일한 삶을 살면 안 되겠지만, 너무 완벽을 추구해도 안 된다.

나는 반드시 일등을 해야 한다. 죽을 둥 살 둥 노력해도 세상에는 반드시 나보다 잘난, 심지어 범접할 수 없는 천재가 나타난다. 우리가 살아남을 방법은 지금보다 발전하는 나의 모습에 만족하는 것이다. 노력하는 나, 발전하는 나를 인정해주고 칭찬해 주는 것이다.

남과 비교하지 말고, 일등을 못 한 것을 탓하면 안 된다. 그러면 내가 모르는 사이에 마법에 걸려 야수로 변해있는 나를 발견하게 될 것이다. 우리는 주변에서 야수를 흔하게 볼 수 있다. 내 친구 중에도 많이는 아니지만 한, 두 명 있다.

그런 친구는 나를 보면 말한다. '누군가의 눈치를 안 봐서 좋겠다.', '시간이 자유로 워서 좋겠다.'. '전문직이어서 돈을 많이 벌어서 좋겠다.' 항변하자면, 눈치를 안 보는 대신 모든 책임을 내가져야 한다. 회사원들이 노는 토요일에도 나는 항상 근무해야 한다. 아무리 내가 전문직이어도 직장에 다니는 불평불만 가득한 그녀가 돈은 더 잘 번다.

이렇듯 '비교' 는 어떤 상황에서도 할 수 있다. 열등감을 느끼자면 백 가지 이유도 더 찾을 수 있다. 현대사회를 살아가는 사람의 숙명이다. 우리는 그 사실을 인정하고 이 어려운 현실에서 잘 살아가고 있는 나를 칭찬해 주어야 한다. 야수로 안 변하고 왕자로 살아남은 나 자신을 격려해 주자.

이런 현실을 인정하고, 위로해 주는 존재가 자존감이다. 자존감을 가지고 나 자신을 올바른 방법으로 사랑해 주자. 그러면 점점 멋져지는 왕자를 발견하게 될 것이다.

09

모든 것을 덮어주는 말, '그랬었구나'

어린 시절 아이들의 가장 흔한 꿈은 선생님이다. 내 주변의 많은 친구도 그랬고, 지금 우리 딸의 꿈도 선생님이었던 적이 있다. 그러나 나는 선생님이라는 직업이 싫었다. 고3 때 초등학교 선생님인 둘째 외숙모가 서울교대를 가는 것은 어떠냐고 제안을 해주셨다. 예전이나 지금이나 교대는 인기가 많다. 하지만 나는 절대 선생님은 되기 싫었다.

좋은 선생님을 만나서 인생을 바꾸게 되었다는 사람도 있다. 나에게도 인생에 기억될 좋은 선생님이 있다. 하지만 나는 선생님에 대한 안 좋은 기억이 더 많다. 촌지가 난무하던 시절 나는 조금은 공부를 잘하던 돈 있어 보이는 집 아이였다. 그러나 우리 엄마는 학교 일에는 관심이 없으셨고, 검소한 생활 태도로 촌지와는 거리가 멀었다.

이러한 현실에서 선생님의 차별을 온몸으로 겪게 되었다. 초등학교 때 선생님이 시험을 잘 봤다고 엄마를 학교에 오시라고 했다. 내가 시험을 잘 봤는데 왜 엄마가 학교에 가셔야 하는지 이해할 수 없었다. 촌지 때문일까? 나보다 공부 못하는 아이를 선생님은 항상 내 앞에서 공개적으로 칭찬하셨다. 고3 때 원서를 쓸 때도 계속 엄마를 오라고 하셨고, 엄마는 선생님께 내가 원하는 곳을 써주라 하며 선생님의 기대에 응하지 않았다.

어린 나는 선생님이라는 절대 존재에게 상처를 많이 받았다. 나는 이때 어른을 불신하게 되었는지도 모른다. 그리고 이러한 불의에 저항하기 위해 초등학교 고학년 때 안 하던 공부를 시작했다.

우리는 아픔을 마음에 묻고 살아간다. 어렸을 때 말썽을 피웠던 것처럼 사소한 상처들, 주변 사람이 떠나간 것 같은 큰 아픔들. 상처가 없는 사람은 없다. 그것을 어떻게 보듬어 안고 가는가 하는 것은 개인의 역량에 달려 있을 것이다.

나는 그냥 묻어 두었다. 쳐다보지 않고, 아파하지 않았다. 그러나 그 아픔이 사라지는 것은 아니다. 항상 나의 가장 깊은 곳에서 나를 향해 소리치고 있었다. 그러한 아픔과 상처받은 마음을 어떻게 처리해야 하는지 몰랐기 때문에 그 아픔을 애써 무시했다.

나는 이러한 아픔이 위로받아야 한다는 사실을 몰랐다. 그냥 앞만

보고 열심히 살아가면 되는 줄 알았다. 목표를 설정하고 성취하면서 더 나은 나를 이루기 위해 끊임없이 노력하는 삶만이 옳다고 생각했다. 성공하기 위해서 시간을 낭비하면 안 되는 줄 알았다. 모든 책이, 성공한 사람들이 그렇게 말하고 있었다.

친구가 '나 요즘 엄청나게 바빠' 라고 말한다. 그럼 우린 '자식! 잘 나가나 보네.' 라고 한다. '나 요즘 엄청나게 한가해.' 라고 하면, '무슨 일 있어?' 라고 묻는 것이다. 우리는 한가하면 안 되는 세상을 살아가고 있다.

시간은 금이다, '세월은 사람을 기다리지 않는다.' 라는 옛 속담도 우리를 재촉한다. 우리 사회는 항상 뛰어야 하고 앞을 향해 달려나가야만 옳은 삶이라고 말한다. 빈둥빈둥 보내거나, 여유를 가지고 살면 실패한 사람 취급을 한다.

개미와 베짱이 이야기에서 볼 수 있듯이, 우리는 개미와 같이 발 벗고 일해야 한다. 베짱이같이 화창한 날 햇볕을 받으며 인생을 즐기면 죄인 취급을 받는다. 개미처럼 일하고, 추운 겨울 방구석에 처박혀 있어야 성공한 삶이다.

나는 한시도 쉬지 않고 열심히 살았다. 계속 앞으로만 나아갔고, 다른 사람보다 더 앞서 나갔다. 그리고 나는 행복한 마음 까지 가지고 있었다. 항상 밝은 미소로 세상을 대했고, 즐거웠다. 어려움에 부닥치고, 상처를 받아도 이겨냈다.

그러나 내가 이겨낸 것은 상처를 돌아보지 않는 것이었다. 이겨낸 것이 아니라 그냥 무시해 버린 것이었다. 그 상처는 내 마음속에 쌓여서 넘치기 일보 직전이다. 학교에서도 가정에서도 우리의 이런 감정에 대해 알려주지 않았다.

나는 아이 둘을 키우면서 이 상처받은 감정에 직면해야 했다. 아이를 키우는 것이 육체적, 정신적으로 너무 힘들었다. 이 힘든 감정을 다스릴 시간도, 사람도 없었다. 아직 말을 잘못하는 어린 자녀와 이야기하는 것이 불가능하였고 때로는 무얼 요구하는지 알 수 없었다.

아이와 보내는 24시간은 무한한 인내를 요구했다. 사람의 인내심은 한계가 있다. 나의 인내심은 점점 바닥이 드러났고, 숨겨진 밑바닥에는 이미 케케묵은 나의 오랜 상처들이 자리 잡고 있었다.

이 힘든 시기에 나는 한 권의 책을 만났다. 이무석의 〈30년 만의 휴식〉이라는 책이었다. 이 책을 읽고 나는 내 마음속의 상처를 만났다. 이 책은 처음으로 나의 상처를 내가 이해하고 위로해주어야 한다는 것을 나에게 가르쳐 주었다.

나의 아픈 상처를 내가 위로하고 감정을 풀어주지 않으면 앞으로 나아갈 수 없다는 걸 알게 되었다. 이 감정이 무의식에서 나를 계속 붙잡고 있던 것이다. 나의 자존감은 나의 아픔을 위로하는 그 순간에 급속하게 성장했다.

나는 비로소 진정한 나를 사랑하게 된 것이다. 그 이전에는 나의 장점만을 보고 나를 사랑했었다. 나의 아픈 마음, 단점은 무시했다. 그러나 이 책을 읽은 후에 나는 나 자신을 온전하게 사랑하게 되었다. 나의 아픔, 나의 부족한 면까지 사랑하게 된 것이다.

나는 항상 아픈 상처들을 무시했었다. 이것은 나에게 더 큰 생채기를 냈다. 나는 용감하게 나의 아픔들, 단점들, 피하고 싶었던 과거를 직면하기로 했다. 그리고 그 아픔을 위로해주었다. 단지 내가 어려서 어쩔 수 없었던 많은 일, 내가 무엇을 하고 있는지 모르고 행했던 일들에서 벗어날 수 있었다.

딸들이 내 앞에서 잘못한다면, 아직 미숙한 존재이기 때문에 감싸주고 용서해준다. 괜찮다고 위로를 해준다. 그리고 그 위로를 어른인 내가 어린 나에게 해 주었다. 10세 내외의 미성숙한 나 자신이 잘못한 일들에 대하여, 어렸기 때문에 일어난 일이라고 말해주었다. 그건 내가 어쩔 수 없었던 일이었다고, 아무도 위로해주지 않았던 어린 나에게 찾아가서 위로해주었다.

나는 비로소 과거의 나에게서 벗어날 수 있었다. 정말 마음껏 눈물을 흘릴 수 있었다. 어렸던 내가 참아와야 했던 많은 감정, 아프지만 표현하지 못하고 숨어있어야 했던 슬픔을 밖으로 꺼내 놓았다.

우리는 타인으로부터 상처를 받는다. 부모일 수도 있고, 선생님일 수도 있다. 친구들일 수도 있고, 그냥 어떤 사건일 수도 있다. 그러나 우리는 자신의 잘못에 대해서도 아픔을 가지고 산다. 내가 누군가의 작은 물건을 훔쳤을 때 그것이 안 좋은 일이라는 것을 아는 나의 마음은 아픔을 먼저 느끼고 있다. 훔친 걸 들켜 혼날 때만 아픔을 느끼는 것이 아니다. 우리의 도덕성이라는 것은 우리 자신의 마음을 아프게 한다.

내가 몰래 누군가의 시험지를 보았을 때, 아무도 모라고 하지 않지만, 나의 마음은 상처를 받는다. 다른 사람에게 받은 상처뿐만 아니라, 내가 나에게 준 상처에 대해서도 우리는 위로를 해주어야 한다. 하지만 그 위로는 어른인 나만이 어렸던 나에게 해줄 수 있다.

그런 일도 있었지. '그랬었구나. 그래, 그때 나의 마음이 아팠었지.', '이제 어른이 되었으니 괜찮아. 그때는 너무 어려서 그랬던 거야.' 라고 나 자신을 위로해주자. 자존감의 가장 큰 가치는 나를 위로해 주는 힘이다. 자존감만이 유일하게 나를 위로할 수 있다. 내 마음속에는 아무도 모르는 오로지 나만 알고 있고, 느끼는 상처들이 있다. 그 상처들을 위로해주자.

우리는 세상에서 가장 소중한 존재이다. 이것을 지키기 위해 신은 우리에게 자존감을 주셨다. 지금 내 마음을 들여다보자. 아무도 모르는 내 안의 작은 상처들에 말해주자. "그랬었구나, 괜찮아."

체인지

Change

by studying yourself

CHAPTER

04

당당하게
자존감을 지키며
살아가는 기술

활시위를 당긴 후에 활은
뒤돌아 오지 않는다. 인생도 마찬가지다.
열심히 했는데도 안 될 때는
다른 활을 다시 쏘면 되는 것이다.

01
지나치게 높은 기대가 자존감을 낮춘다

　　나의 오빠는 어렸을 때 꽃미남이었다. 내가 못
난이였다면, 오빠는 모든 사람이 예뻐해 주는 어린이였다. 커서는 좀
어수룩하게 생겼지만, 생긴 것과 다르게 공부를 잘했다. 나는 매일 밤
이 깜깜해질 때까지 놀러 다닐 때, 오빠는 매일 집에서 책을 읽었다.
공부도 잘했고, 부모님은 열심히 과외도 시켰다.

　오빠는 대학입시에 실패하고 다음 해에 대학에 갔다. 부모님은 나
에게는 공부하라는 말을 한 번도 안 하셨다. 하지만 오빠에게는 공부
하라는 말을 자주 하셨던 것 같다. 오빠에게는 공부 잘하기를 기대하
셨을까? 아니면 지지리도 말 안 듣는 나와는 달리 오빠는 부모님 말
씀을 잘 들어서였을까?

　하지만 나중에 오빠의 말을 듣고 나는 살짝 충격을 받았다. 오빠는

"공부를 열심히 하다가도 엄마가 공부하라는 말을 하면 바로 공부하기 싫어졌다."고 한다. 결국, 엄마가 공부하라고 해서 공부가 하기 싫어졌다는 것이었다. 나는 한 번도 공부하라는 말을 안 들어봐서 알 수가 없었다.

요즘 청소년들이 대부분 겪는 상황 아닐까? 공부하기 싫은데 부모님께서 공부를 강요해서 싫어도 학원을 열심히 다니는 학생들이 있다. 혹은 나는 정말 열심히 하고 있는데, 더 잘하라고 독촉을 받는 청소년도 있을 것이다. 두 가지 상황 다 나의 기준보다 높은 기대를 받는 것이다.

이 상황에서 더 힘을 내고 열심히 공부하는 사람이 몇 명이나 될까 싶다. 딸들을 공부시킬 때 아이들이 가장 싫어하는 순간은 열심히 하고 '끝'이라고 생각하였는데, '한 문제만 더 풀어'라고 할 때이다. 나의 의지가 아닌 남에 의해 의도되는 목표나 기대는 우리에게 반항심을 만든다. 그리고 그것은 우리 자체를 부정하는 감정으로 변하고 낮은 자존감을 형성하게 된다.

반면 나는 새로 생긴 중학교에 들어갔다. 내가 1회 입학생이었다. 학교는 산을 깎아 산꼭대기에 만들어졌다. 무늬만 학교이지, 아직 제대로 갖춰지지 않아, 우리가 학교를 만들어가는 수준이었다. 운동장은 돌밭이라 매일 지각생들이 돌을 주워야 했다.

학교에 컴퓨터 시스템이 아직 안 갖춰져서, 시험지 채점과 등수를 직접 사람이 매겼다. 먼저 시험을 보고 나면 선생님께서 채점하셨다. 그다음 각반의 반장, 부반장이 모여 등수별로 성적을 나열했다. 그리고 각반 성적표를 가지고 전교등수를 매기는 것이었다. 점수표를 들고 가장 높은 점수부터 부르면서 순서대로 줄 세우는 것이었다.

당시에 다른 모든 학교는 컴퓨터를 이용하여 채점했다. 그런데 우리 학교는 새로 생겨서 일 년간 이런 희한한 시스템으로 성적을 매겼다. 나는 반대표로 등수 매기는 팀에 항상 들어갔다. 그래서 성적이 나오기 전에 나의 성적을 미리 알 수 있었다. 나는 매번 성적이 나오기 전에 아빠에게 흥정했다. '나 이번에 5등 안에 들면 운동화 사줘.', '나 전교등수 10등 안에 들면 선물 사줘.' 이런 요구를 늘 했고, 나는 미리 알고 있는 등수로 매번 선물을 얻어냈다.

부모님이 그 사실을 알고 계셨는지는, 모른척하셨던 건지 모르겠다. 나는 나름 적당한 목표를 세우고, 성적을 미리 알고 선물을 받는 시스템을 가지고 있었다. 내가 전교 1, 2등을 한 것은 아니지만, 나의 자존감 형성에 꽤 큰 영향을 미쳤던 것 같다. 그 좋은 시절은 2학년에 올라가면서 불가능해졌지만, 나는 계속 나의 등수로 부모님과 흥정을 하며 학교생활을 했다.

다른 사람에 의해 기대되는 목표나, 실현하기 너무 어려운 목표는 우리를 불가능하다는 부정적 감정에 휩싸이게 한다. 또한, 내가 이걸 왜 해야 해? 할 수 있겠어? 하는 마음이 들 수밖에 없다. 당연히 저절로 우리의 자존감은 뚝뚝 떨어진다.

내가 열심히 공부하다가도 공부하라는 말을 들으면 바로 공부하기 싫어지는 것과 같다. 반에서 간신히 중간 정도 하는 학생에게 전교 일등 하면 노트북을 사준다고 하면 공부를 열심히 할까? 오히려 '사줄 생각 없이 그냥 하는 말이지' 라고 생각하게 될 것이다.

다이어트를 하는 사람에게 '두 달에 10kg을 빼면 명품 가방 사줄게.' 라고 제안한다고 살을 뺄 수 있을까? 그보다 '두 달에 2kg 빼면 용돈 30만 원 줄게.' 라고 바꿔 제안한다면 용돈을 받을 가능성이 현저하게 올라갈 것이다. 그리고 성취감의 기쁨으로 자존감까지 획득하게 될 것이다.

너무 높은 목표, 불가능한 일에 도전하는 것은 우리의 자존감을 낮춘다. 그래서 우리는 큰 목표를 가져야 하지만 그것을 이룰 수 있는 세부계획, 작은 목표들을 정해 놓아야 한다. 우리 꿈, 목표에 이르는 길은 작은 돌길을 걸어가듯 작은 것을 하나씩, 하나씩 이루어 가는 과정이다.

나는 큰 목표를 설정하고 세부계획을 세워 하나씩 실천해 가는 사람은 아니다. 나는 목표가 생기면 중간과정이 무엇인지 생각하지 않고, 그냥 목표를 향해 불나방처럼 달려드는 스타일이다. 치밀하고 계획적이지도 않다. 실패하면 그런가 보다 하고 툴툴 털고 다른 일을 한다. 실패에서 어떤 교훈을 배우는 똘똘함도 갖추지 못했다. 그래서 늘 비슷한 실패를 반복하고 사는지도 모르겠다. 이론은 이론이고 현실은 현실이다.

내 주변에는 완벽주의자, 성격이 예민한 사람, 모든 것에 높은 기준을 적용하는 까칠한 사람들이 있다. 그들은 대체로 자존감이 낮다. 모든 것을 완벽하게 해야 직성이 풀리는 사람들은 세상을 살아가는 것이 힘들다. 아무도 모라고 하지 않는데, 만족을 못 하는 것이다. 대세에 영향조차 주지 않는 사소한 것까지 완벽하게 마무리하려고 발버둥친다.

완벽주의자들은 이 완벽함을 이룰 수 없음을 핑계로 아무것도 시도하지 않는다. '어차피 해도 안 되는데' 라고 말한다. 이것은 안 하려는 핑계일 수도 있고, 진짜 완벽하게 못 할 바에는 할 필요가 없다고 생각할 수도 있다. 의외로 내 주위에는 이런 이유로 아무것도 하지 않고 사는 사람도 많다.

예민하고 까칠한 사람도 마찬가지다. 내 딸만 해도 잠옷 바지 하나, 양말 한 짝을 사는데도 여러 달이 걸린다. 그 어떤 잠옷 바지도 맘에 안 드는 것이다. 그러다 맘에 드는 잠옷 바지가 나타나면 365일 같은 것을 입고 닳아서 뚫어질 때까지 그것만 입는다. 뚫어지면 또 맘에 드는 바지를 구하기 위해 거리를 헤맨다.

나같이 털털한 사람으로서는 이해하기 힘들다. 그러나 그들은 그렇게 태어난 것이다. 이들의 삶의 만족도는 높기 어렵고, 당연히 자존감도 높기 어렵다. 양말 한 짝에도 불평불만이 있으니, 세상에 얼마나 불평불만이 많겠는가. 그냥 자기 자신을 인정하고 살아가는 것 말고는 방법이 없다. 자기만의 삶의 방법을 마련하자.

우리는 많은 기준을 가지고 살아간다. 이 기준을 너무 완벽하고 높게 유지하지 말자. 조금은 부족한 듯, 낮은 기준을 가지고 살아가도 괜찮다. 조금 지저분하고 작은 집에 살아도 괜찮고, 공부를 조금 못해도 괜찮다. 누군가에게 조금 흐트러진 모습을 보여도 괜찮다. 때때로 실패를 해도 괜찮다. 너무 높은 기준과 기대가 우리를 힘들게 하고 비참하게 만든다.

높은 목표와 꿈을 가지고 살라는 것과 현실의 기준을 낮추라는 말이 모순되는 것은 아니다. 꿈과 목표는 내가 지향하고 나아가야 하는 방향이다. 현실의 기준은 내가 행동하는 현실적인 방법을 말하는 것이다. 꿈과 목표는 높게 가지고, 실행은 작은 것을 하나씩 이루어 가면 된다. 실행과 성취를 너무 높게 잡아서, 큰 것부터 하려고 한다면 시작과 함께 절망을 맛보게 될 수 있다. 먼저 작은 것을 시도하고, 작은 성공, 작은 실패를 반복하면서 자존감을 키워가자.

02

나만의 자존감 지지대를 만들어라

나는 둘째 딸의 등교 시간에 맞춰 출근한다. 아이와 함께할 시간이 부족한 워킹맘에게 이렇게 단둘이 걸어 다니는 시간은 무척 소중하다. 같이 걸어가는데 딸이 묻는다.

"엄마 왜 웃어?" 내가 웃었나? 나는 특별히 웃은 기억이 없었다. 가만히 생각하니 웃었던 것 같아, 딸에게 대답했다. "앞에 가는 아이 옷하고 네 옷 색깔이 같아서 웃었어."

나는 별일 아닌 일에 웃고 나서도 웃은 것을 잘 인식하지도 못한다. 실없어 보이기도 하고, 무한긍정으로 보이기도 하겠지만, 아이들은 내가 웃는 모습에 익숙해서 말도 안 되는 이유로 웃었다고 해도, 의아해하지 않고 받아들인다.

내가 대단히 즐거운 상황이 있었을 리가 만무하다. 모든 사람은

365일 작은 일이든, 큰일이든 문제들에 직면한다. 나는 외계인의 침입을 막는다는 중2를 코앞에 둔 중1 딸의 엄마다. 말하나 마나 집의 상황은 뻔하다. 직원을 구하기 힘든 병원을 운영하고, '그만둘까, 말까?' 고민하는 직원도 데리고 있다. 병원이 있는 건물은 소송에 걸려 있어 등기도 안 났다. 더욱이 대출까지 가득 안고 있는 상태다. 양말 한 짝도 아무거나 안 신는 까칠한 둘째 딸도 있다. 게다가 워킹맘이다. 사는데 무슨 즐거운 일이 얼마나 있겠는가.

그래도 나는 아침에 비치는 햇살에 웃음을 한번 보이는 여유를 가지고 살고 있다.

우리는 항상 삶에 어려움을 겪지만, 이겨내며 살아간다. 내 삶을 돌아볼 때 문제없이 살아간 날이 얼마나 될까 싶다. 그냥 하루하루가 사건 사고의 나날이다. 그것이 좀 작을 때도 있고 클 때도 있다.

엎친 데 덮친 격, 설상가상, 첩첩산중, 사면초가, 고립무원, 진퇴양난, 풍전등화, 절체절명, 일촉즉발. 위기를 표현하는 사자성어, 속담만 봐도 우리 삶이 얼마나 위기와 고난이 많고 다양한지 알 수 있다.

나의 지금 상황도 진퇴양난, 사면초가 상태다. 저 많은 말들을 다 가져다 붙여도 너무 잘 어울린다. 그래도 그냥 담담하게 웃으며 살아가고 있다. 여기서 땅을 치며 울거나, 불평불만을 한 바가지 쏟아 놓는다 한들 변하는 일은 아무것도 없다.

우리가 곤경에 처했을 때, 위기에 빠졌을 때 우리의 감정은 요동을 친다. 이 순간 세상의 모든 불행은 나의 것이다. 나보다 더 불쌍한 사람은 없다. 다시는 헤어나오지 못할 것 같은 기분에 빠져드는 것이다. 이런 위기의 순간, 자존감은 우리를 감정의 나락으로부터 건져내 준다.

얼마 전에 나는 이사를 했다. 새 학기 시작에 맞춰 이사 날짜를 정해 두었는데, 갑자기 새로운 정부의 부동산 대책으로 대출에 문제가 발생하고, 기존에 있던 전세도 안 빠졌다. 이사 날은 코앞에 다가왔는데 모든 돈이 동결된 상태였다. 15년 만에 지역을 옮기는 이사였고, 큰딸은 중학교 입학을 앞두고 있었다.

절체절명의 위기란 이럴 때 쓰는 말일까? 내가 할 수 있는 일은 아무것도 없었다. 그냥 전세가 나가기를 기다리고 어려움이 지나가기를 버티는 수밖에 없었다. 힘겨운 시간이 지난 지금 난 아직도 그 여파에서 헤어나지 못하고 있다.

버티는 시간 동안 마음은 바닥으로 추락해서 땅을 파고 지하로 한 없이 들어가게 된다. 하지만 나의 자존감은 땅굴을 파고 들어가는 마음을 건져내서 다시 땅 위로 올려놓았다. 자존감 덕분에 추락할 것 같았던 내 감정을 그냥 무심코 내려놓을 수 있었고. 아무것도 느끼지 않은 채, 무덤덤하게 시간이 지나가는 걸 지켜보았다.

자존감은 떨어지는 감정을 붙잡아 준다. 자존감이 높은 사람은 일상수준에서 멀리 가지 않은 순간에 감정을 붙잡을 수 있다. 자존감이 낮은 사람은 한없이 추락하는 감정이 나락으로 떨어진 후에도 어쩌지 못한다. 그냥 바닥에서 헤매고 있다.

나는 힘든 순간이 오면 혼자 커피 한잔을 마시거나, 책을 읽고, 음악을 들으며 시간을 보냈다. 생각을 멈추고 다른 일들에 집중했다. 나는 워커홀릭이 아니라서 일하는데 몰두하고 에너지를 소모하는 걸 좋아하지 않는다. 그냥 평온한 일상을 가지기를 원한다.

힘든 순간 나를 버티게 해줄 지지대를 만들어라. 감정의 지지대, 자존감의 지지대를 구축하자. 나는 간단한 일을 하면서 생각을 멈춘다. 그냥 외부의 현상에 감정과 생각을 집중 하고, 나 자신의 힘든 일에 파묻히게 되고 집중하지 않기 위해 노력한다.

많은 사람은 이때 자기 일에 과도하게 몰두하는 경향이 있다. 매일매일 야근을 하고, 주말에도 열심히 일한다. 일을 통해 생각을 잊으려 노력하는 것이다. 아니면 운동을 빡쎄게 하는 사람도 있다. 하지만 나는 과도한 육체의 사용은 자제하려고 노력한다. 육체노동에 과도하게 몰입할 경우, 일이 해결된 후 피폐해져 있는 나 자신을 발견하게 되기 때문이다.

나는 남들이 보기에 소소해 보이는 일을 하면서 평정을 유지한다.

내가 좋아하는 것은 카페에서 커피 마시기, 조용히 책보기, 감성을 한껏 자극하는 음악 듣기 등이 있다. 간단한 쇼핑을 하기도 하고, TV 드라마를 보기도 한다.

스트레스가 심한 상태, 혹은 고난에 빠져있을 때 나는 잠자기를 즐긴다. 그냥 평소보다 수면시간을 조금 더 늘리고, 주말에도 하는 일 없이 늦잠을 자고 낮잠도 잔다. 남들은 위기상황에는 잠이 안 온다고 한다. 나는 신경이 둔해서일까? 나는 잠자기를 즐긴다.

그리고 혼자 맥도날드에 앉아 아이스크림 먹는 것을 좋아한다. 그게 뭐야? 라고 생각할지도 모르겠다. 그런데 나는 평소에는 거의 가지 않지만, 가끔 맥도날드의 벅적벅적함 속에 혼자 앉아 아이스크림을 먹는 것을 좋아한다. 익숙하지 않은 장소의 낯섦과 저렴한 가격의 아이스크림이 주는 편안함도 좋다. 왠지 소소하지만 특별한 일을 하고 있다는 기분이 든다.

죽을 것 같은 위기상황에는 핸드폰으로 게임을 하기도 한다. 정말 드물게는 TV 드라마를 보기도 한다. 나는 전파에 예민해서 TV, 라디오 이런 것을 별로 안 좋아한다. 평생 본 드라마 개수가 열 개도 안 될 것 같다. 내가 TV 드라마를 작정하고 보고 있다면 정말 심각한 위기상황이라 할 수 있다. 나는 친구와 전화통화를 한다거나 수다 떨고 쇼핑하는 걸 좋아하지 않는다.

우리는 자신의 위기상황에 적절히 대처할 방법을 가지고 있다. 일상의 소소함 속에 나의 감각을 집중시킬 방법을 찾아야 한다. 감각과 생각이 내 안으로 향하지 않고 외부로 향하게 하여야 한다. 이러한 나만의 방법 몇 가지가 위기의 순간, 기분을 전환하고 우울한 감정에서 건져줄 것이다.

보통 위기의 상황에는 감정적인 위기도 있지만, 경제적인 위기를 동반하여 나타난다. 아니 대부분 우리를 괴롭히는 것은 경제적 위기이다. 이럴 때 돈을 많이 벌어야지, 성공해야지, 이런 식의 방법은 이미 위기에 처해있는 우리에게 별 도움이 안 된다.

나 자신의 특별하고 소소한 일들을 만들어 보자. 돈은 많이 안 들면서, 특별한 기분을 느낄 수 있는 것들이 좋다. 어떤 상황에서도 쉽게 할 수 있는 일이어야 한다. 이러한 일들을 가끔 하다 보면 위기의 순간에 자동으로 몸을 움직이게 된다.

그리고 우리는 자신의 몸 움직이는 것에 집중하게 된다. 나는 혼자 명동이나, 홍대거리를 걸어 다니는 것도 좋아한다. 항상 혼자 지내다 보니 활기가 넘치는 거리를 좋아하는 경향이 있는 것도 같다. 아니면 아줌마여서 젊음이 있는 곳을 좋아하게 되는 걸까?

일상의 소소함으로 우리의 감정이 추락하는 것을 막을 수 있는 자존감의 지지대를 만들 수 있다. 아주 특별한 나만의 방법을 찾아보자.

03

일어나지도 않은 일을 걱정하지 마라

　　나는 하루에 꽤 많은 환자를 본다. 나의 일상은 아픔과 마주하는 일이다. 거의 모든 환자에게 치료 후에도 아플 수 있음을 설명한다. "마취 깨면 아플 수 있어요." 그냥 입에 딱 붙어있는 말이다. 하루에도 수십 번씩 하는 말이고, 환자 한 명에게도 여러 번 말하게 된다.

　　그러나 이렇게 말하고 나면 환자의 반응은 정말 다양하다. 그냥 들었는지 안 들었는지 알 수 없는 사람도 있다. 어떤 환자는 아플 수 있다는 말을 듣자마자 지금 당장 아픈 것 같이 행동한다. "얼마나 아픈데요? 많이 아파요? 언제까지 아플 수 있죠?" 질문이 끝도 없다. 이런 환자들에게는 그냥 약을 처방한다. 걱정하느라 없던 병도 생길 지경이다.

경험상 걱정을 하는 사람 중 대부분은 다음에 내원할 때 아픈 상태로 나타난다. 치료할 때도 아픈 것에 걱정이 없는 사람은 대부분 아픈 증상 없이 치료가 잘 마무리된다. 희한하게 긍정적인 사람들의 치료 결과가 부정적인 사람들보다 훨씬 좋다.

시험을 앞둔 사람들의 반응도 거의 비슷한 것 같다. '시험을 못 보면 어떻게 하지? 떨어지면 어떻게 해? 공부 안 했는데 어렵게 나오면 어떻게 하지?' 걱정이 끝도 없는 사람들이 있다. 이들은 공부를 많이 하고도 안달복달한다. 대부분 이런 사람들은 실력에 비해 결과가 좋지 않다.

시험에 대해 굉장히 긍정적인 사람들도 있다. 이들은 본인이 운이 굉장히 좋다고 생각한다. 실력은 둘째치고 시험을 위해 태어난 듯 행동한다. 찍은 것도 다 맞았다고 자랑을 한다. 그런 것이 어디 있느냐고 말할지도 모르겠다. 하지만 나는 이 두 번째 부류에 속한다.

나는 실력에 비해 항상 좋은 시험결과를 받았다. 모든 입시는 나의 밑에서 커트라인이 형성되었다. 고등학교 때 내신 1등급의 커트라인이 전교 9등이었다. 그리고 그 9등이 바로 나다. 내신 1등급이 숙대 화학과를 갔다. 학교에서는 난리가 났다. 어쩌겠는가? 실력에 비하여 시험점수가 잘 나오는 것을. 물론 대학입시에서는 통하지 않았다.

지금 당신의 걱정은 무엇인가? 나의 걱정은 크게는 세 가지가 있다.

첫째, 나이 들어 할머니가 되었을 때 무엇을 하고 살지? 노후자금도 걱정이지만 나는 할머니가 되어서 할 일이 없는 것이 더 두렵다. 그 많은 시간 동안 무엇을 하고 살게 될 것인가. 요즘은 100세 시대를 넘어 120세를 바라다보는 세상이 왔다. 나는 어렸을 때도 지금도 가만히 있지를 못한다.

기운도 없어지고, 몸도 아파서 직장에 다니지 못하면 등산이나 다니고 여행이나 다니는 삶을 살게 될까? 나는 동네의 어린이들을 불러다 공부방을 만들어 보면 좋을 것 같다. 할머니 공부방. 소일거리로 괜찮을 듯싶다. 미래에 이것도 로봇이 대신하게 될까? 그럼 나는 로봇과 놀아야겠다.

둘째, 지지리도 공부 안 하는 두 딸은 어떻게 될 것인가. 아무리 생각해봐도 이것은 내가 걱정할 일은 아닌 것 같다. 나도 공부를 시켜보려고 노력을 했다. 하지만 본인들이 하려는 의지가 없는걸 어쩌겠는가, 괜히 공부하라고 해봤자 나만 나쁜 엄마가 된다. 나는 굳이 나쁜 엄마 역할을 할 생각이 없다. 그러니 이것은 나의 걱정이 아닌 딸들이 해야 할 걱정일 것이다.

셋째, 나의 빚은 언제나 갚아지려나. 그냥 지금도 조금씩 힘닿는 만큼 갚고 있다. 나는 결혼과 동시에 '빚은 나의 친구'를 외치며 잘 살아오고 있다. 다 갚으면 전세자금을 올려줘야 해서 또 빚이 생겨났다.

빚을 다 갚으면 왜 대출받을 일이 또 생겨날까, 희한한 일이다.

　나는 걱정을 많이 하는 편은 아니다. 그래도 이런 생각을 하면 한숨이 나오는 것은 어쩔 수 없다. 그러나 조금 깊이 생각하면 또 해결책이 보이고 그렇게 걱정은 사라진다. 이것이 나의 걱정에 대한 반응이다. 생각의 흐름은 대체로 이렇게 변한다.

　나는 걱정이 별로 없는 성격이다. 위와 같이 생각만으로 걱정을 없앨 수 있다. 그러나 없는 걱정을 사서 하는 사람들도 많다. 내 주변 사람들은 반반 되는 것 같다. 미래에 대한 불안과 걱정을 안고 사는 사람 반, 어떻게든 되겠지, 라고 생각하는 사람 반인 것 같다.

　미래에 대한 걱정이 없는 사람은 없다. 다만 그냥 한없이 걱정만 하는 사람들이 있다. 감정이 과잉발현되는 사람들이다. 조금의 불안으로 시작된 걱정으로 하늘이 무너져 내리는 것이다.

　대부분의 일은 발생한 다음에 걱정해도 늦지 않다. 유비무환이라는 말이 있다. 물론 미리미리 준비하면 금상첨화다. 그러나 우리가 준비한 것들이 꼭 그 위기에 사용되지 않는 일이 다반사이다. 그리고 대부분의 일은 그렇게 타이밍 맞춰 치명적으로 작용하지 않는다.

　항상 기회는 다시 오게 되어있고, 우리의 회복능력은 의외로 뛰어나다. 위기가 와서 무너져 내렸다면 다시 찾아오는 기회를 붙잡고 앞으로 나아가면 된다. 상처는 그때그때 치유해도 늦지 않는다.

일상적으로 걱정을 달고 사는 사람들이 있다. 작은 일부터 큰일까지 다 걱정거리이다. 일단 걱정에 'STOP'을 외쳐라. 내 생각을 수시로 점검해야 한다. 그리고 걱정을 하는 순간이 발견되면 '멈춤'이다

일단 걱정을 다 적어보자. 수시로 생각을 점검하고 걱정하고 있는 것을 적는다. 그리고 걱정하는 이유를 찾아보아라. 해결하기 위하여 무엇을 해야 하는지도 적자. 지금 할 수 있는 것들을 적어보자. 대충 이렇게 정리해 보면 대부분의 일은 내가 지금 해결할 수 없는 것들이다.

나는 걱정보다 불안이라는 감정이 더 힘들다고 생각한다. 걱정은 대상이 있고 이유도 있다. 해결 방법도 대부분은 있다. 그러나 불안은 정확한 대상도 없고, 해결 방법도 명확하지 않은 경우가 대부분이다. 걱정은 어느 정도 우리의 생각으로 조절할 수 있다. 그러나 불안은 걱정보다 더 감정적인 요소가 많다.

나는 현재 걱정은 없지만, 나의 미래가 불안하다. 이러한 불안한 감정이 증가하면 걱정도 동시에 증가하게 된다. 이 불안을 긍정적인 마음으로 잡아야 한다. 미래에 대한 확신, 나에 대한 강한 믿음으로 불안을 잠재워야 한다. 그런 후 끊임없이 걱정하는 이 마음을 다스려야 한다.

불안도가 높으면 아무리 걱정에 대해 생각을 하고, 이유를 찾아 멈

추려 해도 걱정은 사라지지 않는다. 이때 자존감은 불안을 잠재우는 데 큰 역할을 한다. 불안은 심장의 근육과 같이 우리의 의식에 의해서 조절되지 않는다. 그러나 우리는 자존감을 키움으로써 불안을 조절하는 능력을 키울 수 있다.

우리 삶의 궁극적인 목표는 다양한 경험을 해보고, 즐겁고 행복하게 사는 것이다. 이것을 침해하는 치명적인 요소가 불안과 걱정이다. '걱정하지 마, 불안해 하지 마' 라고 백번 말해도 우리는 걱정과 불안을 없앨 수 없다. 이것을 없앨 수 있는 가장 중요한 방법은 긍정적인 생각이다.

모든 일은 결국에 다 잘될 것이라는 확신과 나에 대한 믿음만이 불안과 걱정을 없앨 수 있다. 이런 말은 누가 못할까, 나도 안다. 너무나 뻔한 말이라는 것을. 그러나 이말 말고는 불안과 걱정에 대해서 할 수 있는 말이 없다. 불안과 걱정을 없애는 유일한 방법은 긍정적인 생각이다.

절대 긍정의 대표주자인 나도 잘 못 하지만, 불안과 걱정에서 벗어났다고 자신 있게 말한다면 득도를 하고 '성인'이 된 것이다. 나는 어느 정도의 불안과 걱정은 당연하다고 인정하고 살아가고는 있지만, 나는 지금도 여전히 불안하다.

04

신호를 보내지 않으면 아무 일도
벌어지지 않는다

지금 당장 무엇이 하고 싶은가. 나는 자유롭게 살고 싶다. 또 가장 좋은 것만 하고 살고 싶다. 예전에는 근면, 성실하고 낭비하지 않는 삶을 살고 싶었다. 작은 것에 만족하고 행복한 삶을 살기 위해 노력했다. 그런데 지금은 가장 좋은 것만 하고 살고 싶다.

한번 사는 인생 가장 좋은 것, 가장 멋진 것만 하고 살아야 하지 않겠는가? 이것을 나는 불혹의 나이가 되어서 깨달았다. 지금 이것을 깨닫고 실천하기 딱 좋은 나이이다. 지금까지 뿌려놓은 씨앗을 거둘 시기가 되었다고 생각한다.

그렇다면 가장 좋은 것, 가장 멋진 것은 무엇일까? 나는 가치가 있는 것이라면, 그 어떤 거라도 가장 멋진 거라고 생각한다. 이 가치에 관한 기준은 각자마다 다를 것이다. 가치는 소중한 것, 비싼 것, 특이

199

한 것, 세상에 하나밖에 없는 것, 유명한 것 등 여러 가지가 있다.

나는 지금 이 순간 최고로 멋진 것만 하고 살기로 했다. 지금까지의 나는 추레했다. 가운을 입고, 마스크를 썼으며, 안경을 썼다. 머리는 흘러내리지 않게 질끈 묶었다. 신발은 진료하기에 편한 신발을 신었다.

집의 지하주차장에서 병원의 지하주차장만 왔다 갔다 했다. 거기에 가운을 입는 매일매일의 일상은 나의 옷장을 마크 저커버그의 옷장과 똑같이 만들었다. 내가 마크 저커버그 만큼 성공했다면 나의 옷장이 멋지다고 해주겠다. 그러나 나는 그냥 추레할 뿐이다.

어디 한 곳 꾸밀 필요성을 못 느낀 나의 삶을 변화시키기로 나는 이 순간 결정했다. 그렇다면 '내가 과연 변할 수 있을까?' 당연히 나는 이 순간부터 변한다. 내가 변화 스위치를 켰기 때문이다. 이 스위치를 켠 순간 불이 켜지듯, 변화의 스위치를 누르는 순간 나의 변화는 시작되었다.

이 책이 세상에 나와 있을 때, 나는 추레함을 벗어버리고 멋진 모습으로 세상에 다시 태어나 있을 것이다. 삶이 변화하는 것은 한순간이고 어렵지 않다. 사람들은 변화하기 싫어서 항상 핑계를 찾고 어렵다고 말하는 것이다.

사람들은 변화가 어렵다고 말한다. 그러나 변화는 변하겠다는 마음의 스위치를 올리는 순간 시작된다. 사람들은 그 스위치를 바로 켜지 못하고 그 앞에서 머뭇거린다. 정말 변할 수 있을까? 저 스위치 작동하는 것 맞아? 이상하게 작동하는 건 아니야? 혹시 눌렀는데 폭발하는 건 아닌가? 누구한테 제대로 작동하는지 물어볼까?

온갖 이유를 가져다 댄다. 그 스위치의 작동에 대해 모르는 사람에게 계속 물어본다. 그러고는 시도도 해보지 않고, '역시 작동하지 않는 스위치 같아.' 그러면서 지나쳐 버리는 것이다. 아니면 꾹 누르지 않고 슬쩍 반쯤 눌러보고는, 역시 제대로 작동하는 스위치가 아니라고 생각한다.

스위치를 누르지 않으면 아무 일도 발생하지 않는다. 시동을 걸어야 차가 나가고, 스위치를 눌러야 불이 켜진다. 방아쇠를 당겨야 총알이 과녁을 향해 날아간다. 활을 쏘아야 먹이를 사냥할 수 있다.

3년 전 내가 운영하던 병원 건물이 리모델링에 들어갔다. 건물주는 나에게 병원을 비워달라고 말했다. 나는 그 순간 '갑'으로 살기로 했다. 그리고 우연히 분양하는 상가를 만났다. 상가를 분양받아 나는 이 세상에서 '갑'으로 살게 되었다. 이제는 건물주의 눈치를 보지 않게 된 것이다.

세상은 굉장히 단순하게 움직인다. 하지만 우리 마음은 단순하지 않고 복잡하게 작동을 한다. 그래서 세상이 복잡하게 움직이는 것처럼 보이는 것이다. 그냥 단순하게 단추를 꾹! 누르면 되는데 마음은 그 단추 하나 누르는 것을 너무나 복잡하게 만드는 것이다.

당신이 결정한 것들이 어떻게 작용하는지 살펴보자. 당신은 대학을 졸업했다. 어떻게 대학에 가게 되었는가? '나는 대학에 가야겠다.' 라고 결심을 하고 대학을 들어간 것이다. 취직해서 돈을 벌어야지. 취직을 결정한 것이다. 그리고 그것은 이루어진다. '취직될까, 말까, 어느 회사에 들어가는 것이 좋을까, 면접에 붙을까?' 이러한 모든 것들은 마음의 작용이다.

나는 결혼을 하기로 했다. 그리고 결혼을 했다. 이것이 세상의 작동 원리인 것이다. 이외의 모든 방황, 고민, 걱정, 행복, 이런 것들은 마음과 감정의 작용인 것이다. 우리는 이 두 사실을 구분하지 못하고 섞어서 혼돈하고 있다.

내가 바뀌겠다고 결정한 것은 사실이다. 그리고 그것은 그대로 작동한다. 거기에 할 수 있을까, 없을까. 촌스럽게 바뀌는 건 아닐까 등등 복잡다단한 마음이 내 발목을 잡는다. 그럴 때는 눌렀던 단추를 다시 리셋하면 된다.

신호를 보내지 않으면 아무 일도 벌어지지 않는다. 이것은 변하지 않는 우주의 진리이다. 아기도 '앙~' 하고 울어야 우유를 얻어먹을 수 있다. 방긋방긋 웃고 있는 아이에게 우유를 주지 않는다. 울어야 배고픈 신호를 받아서 우유를 주는 것이다.

세상에서 가장 쉬운데 사람들이 가장 어려워하는 일이 하나 있다. 행복하게 살기이다. 지금 당장 행복하게 살기로 했다. 가능할 것 같은가? 나는 행복하게 살기가 가장 쉽다. 지금 부엌으로 가서 믹스커피 한잔을 타 먹자. 나는 이 믹스커피 한잔이 가장 나를 행복하게 한다고 생각한다. 지금 핸드폰을 들고 가장 좋아하는 노래를 한 곡 들어보자. 세상에 지금 이 순간보다 더 행복한 순간이 있을까?

사람들은 가장 단순한 진리를 외면하고 살기도 한다. 행복이 모든 것을 가졌을 때 누릴 수 있는 것으로 생각한다. 아니면 내가 누리고 있는 이것은 행복이 아니라고 생각한다. 이것보다는 더 좋은 것이어야 한다고 생각한다. 하지만 당신이 지금 누리고 있는 것이 행복이다.

지금 당신이 하고 싶은 것은 무엇인가. 지금 그것을 하겠다고 결정해라. 그리고 하면 된다. 어떤 일은 지금 당장 할 수 있을 만큼 작은 일이다. 어떤 일들은 많은 준비가 필요한 큰일이다. 그러나 그것은 지금 당장 시작하려고 마음만 먹는다면 할 수 있는 일들이다.

나는 사막에 가고 싶다. 어린 왕자가 걸어갔던 그 길을 나도 걸어보고 싶다. 물론 당장 내가 사막에 갈 수 있는 상황이 아니었다, 하지만 사막에 가기로 했고, 곧바로 인터넷 검색을 시작했다. 사하라 사막으로 정했다. 그리고 조금씩 준비를 해 나갔다. 이렇게 무엇을 하겠다고 결정을 하면 어느 날 나는 분명히 사막 위에 있을 것이다. 이것이 세상의 법칙이다.

꿈과 목표가 있으면 그것을 하기로 결정하자. 그리고 하면 된다. 내가 가지고 싶은 것이 있으면 가지기로 결정해라. 무엇인가 결정할 때 마음과 감정을 개입시키지 마라. 결정의 순간에는 주저하거나 망설이지 마라.

할까 말까, 될까 안 될까. 이것이 옳은 일인지 아닌지 이런 것들은 결정하기 전에 생각해야 한다. 충분히 생각하고 스위치 앞에 서자. 일단 스위치 앞에 섰으면 주저하지 말고 그냥 가장 깊숙이 꾹! 눌러주면 된다. 그리고 뒤도 돌아보지 말고 바로 행하면 된다.

이것이 우리가 잊지 말아야 할 세상의 진리이다. 나는 항상 단추를 누르고 나면 그냥 주변 돌아보지 않고 전진한다. 나는 책을 쓰기로 하였고, 주변을 돌아보지 않고 무조건 쓰고 있다. 이 순간 주변을 돌아보면 해서는 안 되는 이유가 백만 가지도 더 보이기 때문이다. 이것은 단추를 누르기 전까지만 보아야 한다.

활시위를 당긴 후에 활은 뒤돌아 오지 않는다. 총을 쏜 후 총알은 다시 돌아오지 않는다. 인생도 마찬가지다. 시작했으면 일단 주위를 돌아보지 마라. 열심히 했는데도 안 될 때는 다른 활을 다시 쏘면 되는 것이다.

지금 당장 당신이 원하는 스위치를 눌러라. 인생은 변화하기 시작할 것이다.

05

'지금 여기' 집중하기

카르페디엠, 현재를 잡아라. 이 순간을 즐겨라.

1990년 개봉한 〈죽은 시인의 사회〉에서 키티 선생님이 아이들에게 해주는 말이다. 키티 선생님은 최고의 입시 결과를 내고 있는 사립학교에 부임한다. 아이들은 본인의 삶이 아닌 주변에 의해 강요되는 삶을 살아가고 있다. 그러던 중 키티 선생님을 만나며 본인의 꿈과 인생을 찾아가는 이야기이다.

90년대에 교육제도의 현실을 반영하는 이 영화는 흥행에 성공했다. 그 이후로도 계속 사랑을 받아왔고, 2016년에 재개봉을 하였다. 그때나 지금이나, 외국이나 우리나라나 교육환경은 비슷비슷한 것 같다. 우리 부모님 세대의 입시 현실도 지금과 별반 다르지 않았던 것 같다.

이 영화를 본 것은 고등학교 시절이었다. 나는 학창시절 공부하라

205

는 말을 듣지 않고 보냈다. 입시압박도 받지 않았고, 아무도 나에게 어떤 삶을 살라고 강요하지 않았다. 나는 매일 친구들과 야간 자율학습을 땡땡이치며 보내었기 때문에 학업에 대한 압박이 어떤지 나에게 큰 의미로 다가오지는 않았다.

그러나 조금 세월이 지나고 이 영화를 봤을 때, 가슴 찡한 감동을 느꼈다. 진정한 나 자신을 찾아 떠나는 여행, 미래에 인생을 저당 잡히지 말고 지금 현재에 충실하라는 영화의 메시지는 땡땡이만 치던 나의 학창시절을 살짝 후회하게 하였다.

오늘을 잡아라. 지금 이 순간을 즐겨라 라는 의미로 쓰이는 카르페 디엠은 그 이후로 많은 사람의 좌우명으로 세상에 회자 되었다. 나 역시 지금 이 순간에 충실히 살고 싶다. 그러나 대부분 사람은 과거에 발목 잡히고, 미래에 대한 준비로 오늘을 저당 잡혀 살아가고 있다.

과거에 대한 미련, 미래에 대한 불안에서 벗어나지 못하는 것이다. 사십 대가 된 지금도 다양한 과거에 대한 미련이 발목을 잡지만, 삼십 대 때는 정말 심했던 것 같다. '어렸을 때 강남에 살았어야 해. 결국, 세상은 인맥으로 살아가는 거야. 더 좋은 대학에 갔었어야 해. 우리나라는 학연이 최고야.' 친구들을 만나면 이런 말을 항상 들어야 했다.

나 역시도 이런 마음에 사로잡혀 있었다. '강남 사는 친구들이 결혼도 잘하고 맘 편히 사는 것 맞지. 유유상종이잖아. SKY를 나와야 어디다 말할 수 있지.' 이런 쓸데없는 생각에 나의 감정을 소모했다.

삼십 대 때 과거의 미련에 집착했다면, 사십 대가 되면 미래에 대한 불안에 나의 현실을 저당 잡힌다. 드디어 사오정, 오륙도 이런 명예퇴직의 현실이 눈앞에 나타나는 것이다. 실제로 업무적으로 연락했던 사람이 현재는 해고당해서 그 일을 하지 않는 당황스러운 상황에 맞닥뜨리기도 한다.

현실에 나의 에너지를 온전히 집중하고 사는 사람이 얼마나 될까. 과거, 현재, 미래라는 것을 완전히 분리할 수는 없다. 과거의 미련을 없애려 현재를 충실히 멋지게 살기도 하고, 현재를 열심히 살다 보니 미래가 멋져지는 것이다. 꿈과 목표를 가지고 열심히 사는 것은 현재를 사는 것도 되고, 미래를 사는 것도 되는 것이다.

지금 이 순간을 즐기는 것, 현재를 충실히 산다는 것은 어떤 것일까. 과거와 미래에 대한 생각을 차단하는 것일까? 나는 과거와 미래에 대한 생각의 차단이 아니라, 부정적인 생각을 차단하는 것을 의미하는 것 같다. 과거에 좋았던 기억을 추진력 삼아 현재를 살고, 미래에 대한 꿈과 희망을 품고 현실을 살아간다. 결국 '지금 이 순간'에 큰 의미도 있지만 '즐긴다'에 진정한 의미를 부여해도 괜찮을 것 같다.

지금 이 순간을 즐기려면 어떻게 살아야 할까. 나 자신이 좋아하는 것, 하고 싶은 것을 찾는 것에서 모든 것은 시작된다. 다른 사람에 의해 주입된 것이 아닌 진심으로 내 안에서 나 자신다운 것을 발견하는 것이다. 이것이 가장 어려운 일이라는 것을 우리는 알고 있다. 나 역시도 사십 평생 이것을 찾아 헤매고 있다. 죽을 때까지 모르는 것 아닐까 싶기도 하다.

해보고 싶다는 생각이 조금이라도 든다면 무조건 도전해야 한다. 실패를 걱정하지 말고, 주변의 시선에서 벗어나야 한다. 지금 이 순간을 즐기는 것이 그렇게 대단한 일은 아니지 않은가. 갑자기 여행을 가고 싶은 기분이 든다면 버스표를 사서 훌쩍 떠나보자. 반나절이면 충분할 수도 있다.

진정한 나 자신을 알기 위해 나 자신을 잘 살펴보자. 친구의 이야기를 듣듯이, 내 마음이 하는 말을 잘 들어주자. 내 마음은 항상 나에게 말을 건다. 우리의 대부분은 이것을 무시하며 살아간다. 무엇을 하려고 하는데 불편한 마음이 든다. 마음이 내게 말거는 것이다. '하지마!' 무엇인가 도전을 하는데 심장이 두근두근 흥분상태다. 그러면 역시 마음이 '도전해봐, 멋지잖아!' 라고 말을 하는 것이다.

살짝만 나의 감각에 예민해지면 이 마음의 소리를 잘 들을 수 있다. 사람을 처음 만나면 우리는 상대방에 대한 느낌을 받는다. 이것을 보통 첫인상이라고 한다. 우리의 본능은 온몸으로 그 사람을 판단하는 것이다. 이것은 만나자마자 순식간에 이루어진다. 나는 이 느낌을 굉장히 소중히 여긴다. 그리고 대부분 이 느낌이 틀리지 않는다.

지금 이 순간, 나 자신에 모든 감각을 집중해보자. 새로운 세상이 느껴질 것이다. 내가 구하는 질문의 답들을 내 주변 모든 곳에서 찾아낼 수 있다. 나의 마음, 감각은 이것을 잘 찾아낸다. 지나가는 간판에서, 읽던 책에서 우연히 내가 찾는 답을 발견하는 신기함을 경험할 수 있다.

얼마 전 나는 하던 일을 마무리할 기한을 정해야 했다. 그냥 내가 시간을 정하고 마무리하면 되는 일이었다. 쌓여있던 책 한 권을 꺼내어 별생각 없이 중간을 펼쳤다. 그 페이지에 쓰여 있던 제목은 '14일의 기적'이었다. 나는 14일간 그 일을 마무리하기로 했다. 불가능해 보이는 기간이었지만 그 일은 이루어졌다.

마음의 소리 듣기, 세상의 작은 힌트들을 알아차리는 기술이다. 우리가 말을 하듯이 세상의 모든 사물도 우리에게 메시지를 전한다. 그것을 알아챌 수 있는 사람도 있고, 전혀 알지 못하는 사람도 있다.

나는 명상을 통하여 이 감각을 키운다. 내가 명상을 배웠거나 특별한 기술을 가지고 있는 것은 아니다. 나는 그냥 가만히 앉아 생각을 비우고 나의 감각에 집중해본다. 아니면 그냥 머리를 비우고 아무 생각도 안 하고 넋놓고 있어 보기도 한다.

하루에 한두 번 이런 단순한 행위만으로 우리는 감각이 발달하는 것을 느낄 수 있다. 사람과의 관계에서도 나는 항상 말보다는 행동, 행동보다는 분위기와 느낌을 중시한다. 아무리 말이 근사해도 안 좋은 느낌과 분위기를 풍기는 사람은 가까이하지 않는다. 말은 그냥 그 사람의 생각을 전하는 도구일 뿐이지 그 사람의 진정한 모습은 아니다.

지금 이 순간, 여기, 나의 내면에 집중해보자. 내 안에 존재하는 또 다른 우주를 발견할 것이다. 이 우주 안에서 나는 신이다. 모든 것은 나의 의지대로 돌아가는 우주인 것이다. 이 우주 안에 나의 자존감의 핵심이 존재한다. 이 우주 안에서 나의 진정한 모습을 발견할 수 있을 것이다. 내가 최고이고, 유일한 존재인 이 우주를 발견해보자.

06

마음은 공사 중

어제 하루를 어떻게 보냈습니까. 나는 아주 평범한 하루를 보냈습니다. 아침에 일어나 출근하고 저녁에 잠자리에 들었습니다. 특별한 사건, 기쁜 일, 슬픈 일 아무것도 없었던 평범한 하루였습니다.

새벽 6시 눈을 떴습니다. 어젯밤에 밀린 일들을 처리하느라 늦게 잠들어서 늦잠을 좀 잤네요. 살짝 마음이 아픕니다. 매일 4시, 5시에 일어나 부지런한 하루를 시작하는데, 오늘 아침은 아무 일도 못 하고 출근하기 바쁩니다. 병원에서 간단한 잡무를 처리하고 환자를 봅니다. 어제 치료받은 환자입니다. 소독하러 왔는데, 계속 아프면 안 되는데. 또 마음에 살짝 상처가 생깁니다.

친구가 치료를 받으러 왔습니다. "책을 쓴다고? 대단하다. 요즘 정말 내용 없는 책 많은 거 알지? 책은 전문가가 쓰는 것 아니야?" 또 마음에 생채기가 생깁니다. 점심시간에 잠깐 글을 써봅니다. 잘 안 써집니다. 내가 이걸 하는 것이 맞는 걸까? 또 상처.

저녁에 딸과 초밥을 먹으러 갑니다. 맛있는 건 딸 입으로 다 들어갑니다. 마음이 아픕니다. 집에 들어갔습니다. 아침 시간 바쁘게 집을 나간 흔적이 여기저기 널려있습니다. 난 무엇을 하려고 이렇게 바쁘게 사는 거지? 또 상처.

내 마음은 365일 24시간 상처투성이다. 대단한 사건이 있고 공격을 당해서 마음이 아픈 것이면 차라리 좋겠다. 그냥 밥 먹고 걸어 다니는 것만으로도 마음은 상처를 받는다. 아주 잘 익은 복숭아 같다. 꾹 누르면 그냥 푹! 들어가고 멍이 드는 것이다.

솔직히 나는 어제 행복한 하루였다. 오래간만에 반가운 친구도 만났다. 큰딸이 수련회 갔을 때, 둘째 딸과 오붓한 데이트도 했다. 그런데 자세히 살펴보면 작은 상처들을 많이 받았다. 물론 즐거움과 행복함도 컸다.

하루에 대해 즐거운 일만 써보면 기분이 좋아진다. 상처받은 일을 죽 나열해서 써보니 갑자기 나는 우울함에 빠져들고 있다. 감정이라는 것은 그것을 들여다보고 있으면 풍선처럼 자꾸자꾸 커진다. 내가 즐거웠던 일, 기쁜 일을 자꾸 쳐다보면 점점 커져서, 나는 기쁨으로

충만한 상태가 된다.

내가 상처받은 일 우울한 일을 쳐다보고 있으면 그것은 한없이 커진다. 그리고 항상 긍정적인 나조차 우울함에 빠져드는 것이다. 우울함을 멈추고 다른 곳을 보아야 한다. 기쁜 생각으로 잠시 생각을 이동시켜보자. 우울함에서 바람이 빠져나간다.

심장이 24시간 멈추지 않고 뛰듯, 우리 감정도 24시간 멈추지 않고 작동한다. 우리는 심장이 뛰는 것을 일상적으로 인식하지 않고 살아간다. 위협을 맞이하거나, 아주 기쁜 일을 경험한다. 그러면 우리 심장은 두근두근 심하게 뛰기 시작한다. 그리고 우리는 심장이 열심히 뛰고 있는 것을 알게 된다.

감정도 24시간 멈추지 않고 작동한다. 심장하고 똑같다. 잠자는 아이를 보아라. 표정이 웃었다, 찡그렸다, 평온하기도 하고, 다양하게 변한다. 우리는 일상적으로 우리의 감정을 인지하지 못한다. 그러다 조금 큰 사건을 맞이하면 감정을 인지하게 되는 것이다.

지금 당장 멈추고 나의 감정을 살펴보아라. 어떤 감정을 느끼고 있는가? 나는 살짝 불안과 조급함을 느끼고 있다. 나는 글을 쓸 때 불안감을 느낀다. 내가 처음 해보는 일이기 때문에 평안함을 느끼며 글을 쓰는 건 아직 불가능하다. 하지만 나는 환자를 볼 때는 평온함을 느낀다. 너무 오랫동안 해왔던 일이어서 익숙한 것이다.

우리는 일평생을 살아가며 삶이라는 건물을 지어간다. 땅을 파고 기초를 튼튼히 한다. 우리는 마음의 힘을 이 땅속에 단단히 묻는다. 어렸을 때 주변의 사랑을 듬뿍 받으며 마음의 힘을 키운다. 세상과 소통할 힘의 기초를 닦아 나가는 것이다. 일평생을 살아가는 삶의 바탕이 된다. 이 안에 우리는 자존감도 키우고, 세상의 어려움에 대처하는 방법도 배운다. 부끄러움, 창피함 열등감을 이겨내는 방법도 하나씩 배워나가는 것이다.

점점 커가면서 여러 가지 지켜야 할 규칙들을 익혀나간다. 사회적 규범도 있고, 집안 내에서 지켜지는 예의범절 등도 있을 것이다. 또한, 개인의 삶의 원칙, 신념들을 만들어 가게 된다. 이런 것이 삶이라는 건물의 뼈대가 되며 건물은 점점 위로 올라가게 된다.

이러한 마음과 신념이라는 근간을 기초로 하여 우리는 마음껏 삶을 펼쳐가는 것이다. 다양한 경험과 도전을 하며 삶을 꾸려나간다. 학교생활, 사회생활을 통한 다양한 인간관계도 맺게 된다. 좋아하는 것을 하며 취미, 특기 등도 만들어 간다. 이렇게 우리는 튼튼하고 건실한 건물을 지어간다.

이 건물은 튼튼한 마음을 근간으로 하고, 개인의 신념을 뼈대로 하여 우뚝 솟아 있는 것이다. 우리의 마음과 신념이 약하다면 모래 위에 쌓아놓은 성처럼 허술한, 언제 무너질지 모르는 건물이 될 것이다.

결국, 우리 삶을 풍성하게 해주는 근간은 마음의 힘, 자존감, 신념 등에 의해 구성된다. 평생 다양한 경험을 하며 위로 올라가는 건물을 지어가지만, 땅속으로는 지속해서 마음의 힘을 길러야 한다. 계속 신념을 굳건하게 형성해 주어야 한다.

어떤 삶을 살고 싶은가. 내가 만들기 원하는 건물은 어떤 모습을 가지고 있을까. 나는 근사한 수영장을 가진 멋진 리조트를 만들고 있다. 커다랗고 멋진 나무가 심어져 있고, 수영장에는 작은 미끄럼틀도 하나 놓을 것이다. 수영장 옆, 커다란 나무 그늘에 멋진 의자를 놓고 책을 읽을 것이다. 멋진 숲이 내다보이는 안락한 침실도 있고, 높은 층 높이를 가진 실내에는 멋진 서재가 있다. 가끔 지인들을 불러 바비큐 파티를 연다.

나는 흔들리지 않는 굳건한 마음을 기반으로 멋진 삶을 살고 있다. 세상에 도움이 되는 사람이 되겠다는 신념을 지니고 있다. 많은 일에 도전하여 성취해 나가고 있다. 다양한 경험을 하고, 깊이 있는 사고를 하며 점점 성장해 나가고 있다.

우리는 365일 24시간 세상의 풍파에 노출되어 살아가고 있다. 기쁨, 즐거움, 성공, 풍요, 부유함, 여유, 자유 이런 긍정적인 감정이 풍부한 세상이다. 또한, 슬픔, 아픔, 상처, 결핍, 우울, 실패, 상실 등 우리를 힘들게 하는 일들도 너무 많다.

매일의 일상에서 많은 일을 하고 살아간다. 변화 없는 일상의 연속이다. 항상 같은 시간에 일어나고 비슷한 밥을 먹는다. 같은 시간에 출근하고 별 차이 없는 일을 하다가 같은 시간 퇴근을 한다. 늘 똑같은 사람들을 만나며, 늘 비슷한 대화를 나눈다. 그리고 매일매일 반복되는 상처들을 마주한다.

어쩌면 매일 같은 일상의 반복이 우리에게 진정한 행복의 의미일지도 모른다. 큰 사건 · 사고를 만나면, 평범한 일상의 소중함을 깨닫게 된다. 하지만 큰 사건 · 사고를 겪지 않고는 일상의 행복함을 모르는 것이 어리석은 우리다.

우리는 365일 공사 중이다. 지속해서 삶의 건물을 만들어 간다. 매일 마주치는 감정의 상처를 치유하기 위하여 보수공사를 하고 있다. 너무 여러 번 겪어 딱지가 앉은 상처들도 있지만, 이제는 더는 보수공사가 필요 없을 만큼 튼튼해졌다.

나의 마음은 오늘도 보수공사가 필요하다.

07

'나는 꽤 괜찮은 사람'이라는 착각의 힘

내가 너희에게 말하노니 무엇이든지 기도하고
구하는 것은 받은 줄로 믿으라. 그리하면 너희에게 그대로 되리라.

– 마가 11:24 –

성경은 우리에게 말한다. 착각해라! 신은 우리에게 안 받았어도 일
단 받은 것으로 믿으라고 한다. 나는 없는 것도 있다고 믿고 열심히
기도한다. 그러다 보면 언젠가 이루어 질 것이다.

괜찮은 사람이 되고 싶은가? 그럼 괜찮은 사람이 되었다고 믿어라.
그러면 그대로 된다고 성경 말씀에 정확하게 나와 있다. 부자가 되고
싶다면 부자가 되었다고 믿어라. 자존감이 낮아서 항상 삶이 괴롭다
면, 나는 자존감 높은 사람이라고 믿으면 되는 것이다.

나는 도전적이고 열정이 있는 사람이다. 이 말은 사실일까? 나만의 착각 아닐까? 나만의 착각 맞다. 나의 착각이고 내가 정한 나의 이미지이다. 아무도 내가 이런 사람이라고 말해준 사람은 없다. 내가 태어날 때 이런 나에 대한 설명서를 가지고 태어난 것도 아니다. 단지 내가 살아오면서 나는 이런 사람이 되어야겠다고 생각한 모습이다.

우리는 모두 착각 속에 살아가고 있다. 1+1=2. 이것은 착각 아닐까? 수학적 정의 자체도 착각이다. 이렇게 생각하라고 수학자들이 정해놓은 것이다. 우리는 이런 것을 약속이라고 한다. 나는 1+1이 사과라면 두 개일 테고, 물방울이면 한 개일 것이다.

우리는 어렸을 때, 부모님의 말씀은 모두 바르다고 생각하는 거대한 착각 속에 살았다. 목사님, 스님은 전부 세상에 봉사하고 헌신적인 삶을 산다고 착각을 했다. 우리가 아는 대부분은 진실이든 아니든 많은 것들이 착각의 산물이다.

여기서 '착각'은 그냥 우리 생각의 한 작용이다. 다른 말로는 개념이라고도 하고, 정의라고도 한다. 약속, 관념, 법칙, 무수한 다른 이름들이 있지만, 이들의 원리는 다 똑같다. 우리의 생각을 미리 정하는 것이다. 이렇게 생각하기로 한다.

나는 어렸을 때 또라이 문제아였다. 이것이 나에 대한 진실일까? 이것 또한 그 시절 나에게 덮어 씌어 있던 착각이었다. 그냥 나의 일시적인 행동을 주변에서 이렇게 나를 개념이 없는 아이로 만들었다. 그리고 나는 꽤 오랜 시간 또라이 문제아였다.

내가 또라이 문제아이던 시절, 친구의 엄마들은 내가 모범생, 바른 생활 학생이라고 생각했다. 친구들은 항상 내 핑계를 대고 늦게 들어가고, 놀러 다녔다. 지금도 친구들 엄마에게 나는 신용, 믿음 그 자체이다. 누군가는 나를 거절할 줄 모르는 호구라고 생각하고, 또 다른 누군가 야무지게 할 말 다하는 강단 있는 사람이라고 한다.

그냥 우리가 살아가는 세상은 그 자체로 착각이다. 내가 느끼는 감각들도 모두 착각이다. 어느 봄날 저녁 나는 추워서 이불을 덮는데, 우리 딸은 덥다고 반소매에 반바지를 입고 돌아다닌다. 뜨거운 국을 먹을 때 누구는 뜨겁다 하고, 누구는 시원하다고 말한다.

공부를 잘한다, 못한다. 아이큐가 좋다, 나쁘다. 재능이 있다, 없다. 키 크고 예쁘다. 뚱뚱하고 못생겼다. 그 어떤 것도 절대적인 것이 아니다. 모든 것은 나의 머릿속 착각 때문에 형성되는 이미지이다.

우리의 자존감은 이 착각의 대표주자이다. 자존감이 무엇이냐고 물었을 때, 자존감은 이런 거야. 정확하게 확신을 가지고 말하는 사람이 있다면, 그 사람과 놀지 마라. 그 사람은 분명 거짓말쟁이임이 틀림없다.

자존감에 관해서 이 책을 쓰고 있는 나는 자존감에 대해서 잘 알고 있을까? 나는 자존감에 대해서 잘 모른다. 다만 나는 자존감이 높다는 착각에 빠져있고, 이 착각에 확신이 있다는 점이 다른 것이다. 내가 자존심이 높은지 낮은지 고민하지 않는다는 것이다.

TED에서 에이미 커디의 비언어적인 행동에 대한 강연 내용을 보자. 우리의 마음은 행동으로 나타난다. 당당함을 가진 사람은 행동도 당당하다는 것이다. 자신감이 없는 사람은 위축되고 작아진다. 에이미 커디는 이를 역으로 자세를 당당하게 유지하면 자신감이 생긴다고 말한다.

모의 취업면접을 봤다. 두 그룹으로 나누어 면접 전 2분간 설정된 자세를 취하게 했다. 한 그룹은 당당한 자세를 취했고, 한 그룹은 움츠린 자세를 취하게 했다. 결과 당당한 자세를 취한 그룹의 합격이 월등하게 높았다.

당당한 자세는 우리가 자신감 있는 사람이라는 착각을 일으킨다. 그래서 면접에서 당당하게 임하게 된다. 위축된 자세를 취하는 사람은 자신감 없는 마음 자세를 가지게 되는 것이다. 이것이 착각의 힘이다.

우리의 일상도 마찬가지다. 자신감 있고 당당한 사람은 실질적으로 많은 것을 이루었거나, 성공하여 당당한 사람도 있다. 그러나 허풍으로 가득 차서 당당한 사람도 있는 것이다. 그러나 그것이 문제 될 것은 없다. 당당하게 삶을 살아가는 것은 좋은 자세이다.

실력이 있고 똑똑한데 자신감 없고, 항상 구부정하게 다니는 사람도 있다. 이런 사람들은 그 실력에 걸맞은 위치에 있지 못하는 경우가 대부분이다. 어떤 좋은 위치의 제안이 들어와도 할 수 있을까? 하는 의심을 하는 것이다. 우리에게는 약간의 허세와 허풍도 필요하다.

지인 중에 연예인에 버금가게 예쁘고 센스와 영민함을 갖춘 친구가 있다. 그러나 그녀는 자존감을 눈곱만큼도 가지고 있지 않다. 그녀의 결혼사진을 보면 광고사진이라고 생각할 만큼 멋지다. 그러나 그녀에게 어떤 제안을 해도 그녀의 대답은 한결같다. "그걸 내가 어떻게 해!" 어떤 종류의 일을 제안해도 똑같다. 어쩔 수 없이 꼭 해야만 하는 상황이 되어야 한다.

그녀는 자신에 대해 잘못된 착각을 하고 있다. 내가 보아온 그녀는 어떤 일을 해도 문제없이 잘 처리할 만큼 똑똑하다. 그러나 항상 자신은 세상에서 가장 부족한 사람으로 생각하는 것이다. 아무리 아니라고 얘기를 해줘도 믿지를 않는다. 본인의 착각을 인지하지 못하고는 절대 바꾸지 못한다.

그녀에 반해 나는 항상 내가 정말 괜찮은 사람이라 착각하고 산다. 나는 성격도 괜찮고, 외모도 괜찮다고 착각하고 산다. 그러나 실제로는 나의 친구가 나보다 외모도 백배는 예쁘고 성격도 더 좋다. 그런 사실은 별 상관이 없다. 같이 있어도 나는 성격 좋은 사람이다. 나의 착각이 친구들에게도 전파되기 때문이다.

　내가 사는 세상은 착각으로 만들어진 세상이다. 내가 그 착각을 만들면 되는 것이다. 나는 외모도 예쁘고 성격도 좋다. 머리도 꽤 좋고, 도전정신도 있다. 자존감도 높고, 곧 부자가 될 것이다. 나는 좋은 차를 탈 것이고 인생에서 성공할 것이다.

　나는 이렇게 착각으로 나를 만든다. 이것을 부정할 사람이 있을까? 내가 이렇게 되겠다고 하는데 '넌 절대 안 돼!' 이렇게 말하는 사람은 세상에 아무도 없다. 그렇게 말한다면 '너는 틀렸어 그건 너의 착각이야.' 라고 말해주면 되는 것이다.

　세상에 당당해지자. 나만의 세상을 만들어 보자. 그대로 이루어질 것이다. 성경에 쓰여 있으니 믿어보자.

08

일이 잘 풀리지 않을 때가
나를 사랑할 때다

지금, 이 순간이 나는 나를 가장 사랑해야 하는 시기이다. 나는 총체적 난국에 빠져있다. 그냥 사랑하는 정도로는 안 된다. 온 힘을 다해 사랑해야 한다. 인생에서 위기의 순간에 놓일 때가 있다. 그 순간의 어려움은 내가 온몸으로 겪어야 한다. 아무도 이 어려움을 같이 나눠 들어주지 않는다.

기쁨은 나누면 두 배가 되고, 슬픔은 나누면 반이 된다. 그러면 고통은? 나눌 수가 없다. 나의 고통은 아무에게도 나누어 줄 수 없다. 그러므로 나는 나를 사랑해 주어야 한다. 힘내라고 응원을 해 주어야 한다.

기쁨이나 슬픔은 어느 정도 인지가 된다. 그러나 어려움은 잘 인지되지 않는 고통이다. 친구가 힘든 일에 맞닥뜨려 있다면 힘들 것은 예상된다. 하지만 얼마나 힘들지 고통 크기와 정도는 우리가 알 수가 없다. 어쩌면 그가 힘들어하는 사실을 모를 수도 있다.

　일이 잘 풀리지 않는데, 점점 꼬여가거나. 안 좋은 일이 있는데 더 안 좋은 일이 생겼다. 듣기만 해도 괴롭고, 감정은 점점 나락으로 떨어진다. 힘든 상황에서 좀 나아질 것을 기대했는데, 더 큰 일이 생긴다면 이 순간 과연 나 자신이 나를 나락에서 건져낼 수 있을까?

　위기는 기회다. 불혹의 나이가 되어보니 이 말은 맞는 말이다. 그러나 이 위기를 잘 버티고 이겨내야 기회이다. 위기에서 주저앉아 버리거나, 포기한다면 위기는 그냥 위기일 뿐이다. 절체절명의 위기가 된다. 이 위기는 기회가 아닌 더 큰 위기를 불러올 수 있다.

　위기는 우리의 능력을 상승시키는 역할을 한다. 사람은 어려운 상황에 부닥치게 되면 초능력을 발휘하게 된다. 강력한 집중력을 가지고 살아남기 위해 발버둥을 친다. 눈에는 안 보여도 어떤 능력은 발전하게 되는 것이다. 아주 쉽게는 피하는 능력이라든지 버티는 능력들이 발전할 수도 있다. 아니면 남한테 빌붙는 능력이 생길 수도 있다.

　어쨌든 우리는 위기를 버텨야 한다. 위기를 해결하는 능력을 키울 수 있다면 더없이 좋다. 그러나 우리 대부분은 위기에 살아남기도 바쁘다. 위기상황에 능력을 키울 수 있는 사람은 위기가 그냥 기회인 사람이다. 위기를 버티고 이겨내어 기회가 되는 것이 아니다.

나의 위기는 항상 경제적 어려움과 함께 왔다. 어쩌면 경제적 어려움만이 위기일지도 모른다. 위기 발생 시 경제적으로 풍요로웠을 때는 큰 어려움 없이 해결해 나갔다. 지금 생각하면 참 사소한 일인데 그때는 왜 그렇게 큰일이었나 싶다.

나의 인생에도 항상 위기가 있다. 지금 기억나는 사건이 하나 있다. 화학과 4학년 졸업반이었다. 4학년이 되면서 나는 대학원에 진학하려고 했다. 그러나 엄마는 공부를 계속하면 결혼도 못 하고 노처녀로 늙을 것이라고 결사반대를 했다. 엄마의 인생 최대 숙제는 나를 결혼시켜서 내보내는 것이었다.

굳이 부모님께서 반대하는 공부를 계속할 만큼 공부에 열정이 있었던 것도 아니었다. 나는 다시 의대를 가야겠다고 결정했다. 그리고 갑자기 수능 공부를 시작했다. 3학년 때부터 공부하던 몇 개의 자격증 시험에 4학년 전공공부, 졸업시험에 수능 공부까지. 아마도 나의 능력을 초과하는 초능력을 발휘하고 있었나 보다.

졸업시험을 보고 결과가 그다지 좋지 않았다. 그래도 최선을 다했고, 졸업을 못 할 정도의 나쁜 성적도 아니었다. 그러나 처음 부임한 열정 가득한 교수님은 학생들을 다 좋은 성적으로 졸업을 시키고 싶으셨나 보다. 대학교 4학년이나 되는 나를 불러놓고, 왜 어려운 건 다 맞는데 쉬운 건 많이 틀렸느냐고 묻는 것이었다.

나는 그 순간 힘들었던 나의 마음을 그 교수님에게 다 쏟아 냈던 것 같다. 갑자기 눈에서 폭포수 같은 눈물이 흐르기 시작하더니 절대 안 멈추는 것이었다. 처음 여대에서 강의하게 된 젊은 남자 교수님의 당황한 모습이 아직도 눈에 선하다. 누구에게도 말 못 하고 힘든 하루하루를 버텨 나가고 있던 나에게 교수님은 감정이 폭발할 불씨를 던진 것이다.

나는 그렇게 모든 감정을 젊은 남자 교수에게 쏟아버리고 돌아와 묵묵히 공부했다. 그리고 수능을 보고 치대에 들어갔다. 누구도 나의 힘들었던 이 심정을 공감해 줄 수가 없었다. 힘든 순간 그냥 열심히 공부하고, 힘들다고 말 못 하고 버텼다. 나는 그렇게 그 위기를 버티고 치과의사가 되었다.

치과대학의 공부는 힘들다. 외워야 할 양이 어마어마하고, 실습시간도 길다. 예과 시절을 제외하고 4년의 합숙훈련을 하는 기분이다. 밤 자정이 넘어서까지 실습을 하는 일도 다반사다. 밤에 잠 못 자고 시험을 보는 중간고사, 기말고사 기간은 거의 한 달씩이다. 땡 시험이라고 정말 종을 땡땡 치며 외우는 것을 테스트한다. 그냥 외우는 기계가 된 기분이었다.

당시 대학교 4학년 때도 지칠 만큼 공부를 많이 했고, 치대를 다닐 때도 그랬다. 그러나 4학년 때의 나는 정작 아무것도 아닌 졸업을 앞둔, 미래가 불투명한 학생이었다. 공부도, 힘들었던 마음도 혼자 버텨야만 했다. 그 누구도 이 어려움을 함께할 수 없었다.

그러나 치대 생활은 똑같이 힘들고 공부를 많이 했어도, 치과의사가 된다는 희망이 있었다. 주변에서도 치과의사가 될 사람이니 응원을 해주고 적극 지지를 해주었다. 또 잘 나가서 힘들 때는 잘 나가는 동료가 옆에 있다. 같이 고생 할 때는 동지의식도 생긴다.

대학교 4학년 시절을 생각하면 아직도 그 힘들었던 시간이 온몸으로 느껴진다. 그 시기를 잘 버틴 나 자신이 대견하기도 하다. 힘들기로 치자면 치대 생활이 더 힘들었을 것이다. 그러나 치대 생활은 좋은 추억으로 기억되어 진다.

우리가 우리 자신을 사랑하는 힘을 키우고 자존감을 키워야 하는 것은 진정한 위기상황에 대처하기 위해서이다. 너무 힘들어 주변에 아무한테도 말할 수 없는 상황이 있다. 기나긴 시간을 홀로 버텨야 한다. 그 위기의 끝은 보이지 않는다. 언제까지 버티고 견뎌야 하는지 알 수 없다.

내가 버텨야 하는 기간이 짧아지기를 바라며 우리는 열심히 노력한다. 힘든 마음을 부여잡고 앞으로 나아가는 것이다. 그렇게 나의 자존감을 부여잡고 버티다 보면 어느 순간 혹하고 광명이 내 안에 들어온다. 아 이 순간이 성공이구나, 위기탈출의 기쁨을 맛보게 된다.

어렸을 때는 어려움이 닥치면, 부모님이, 친구가 위로되어 주었다. 그러나 어른이 되어보니 우리의 삶은 혼자 고독하게 걸어가는 것임을 알게 되었다. 물론 가벼운 마음으로 부모님과 친구들에게 상담할 수는 있다. 아니면 넋두리를 하고 위로를 받을 수 있다.

하지만 그들이 우리의 고통을 이해하지 못한다. 우리가 맞는 위기는 이제 각자의 너무 다른 삶에 서로 이해해 줄 수 없는 곳에 있어서 그럴 것이다. 힘들고 어려운 상황에서 나를 위로해 줄 수 있는 것은 나 자신밖에 없음을 알아야 한다.

우리는 그 힘을 위기가 없는 시기에 키워 놓아야 한다. 그래야 위기에 혼자 놓였을 때, 포기하지 않고 절망하지 않고 버틸 수 있다. 지금 나는 위기 상황에 놓여 있다. 젊은 날의 나와는 달리 지금은 내가 책임져야 할 딸린 식구들도 있다. 내가 지켜나가야 할 직장도 있고, 직원들도 있다.

우리에게 주어진 책임은 점점 커지고, 나 자신이 버텨야 할 무게도 더 커진다. 그래서 나를 사랑하는 힘도 그만큼 더 커져야 한다. 지금 온 힘을 다하여 나 자신을 사랑하자.

체인지

Change
by studying yourself

CHAPTER

05

문제도 답도
자존감에 있다

나 자신을 믿어주는 마음, 자존감은
내가 만들어 놓은 마음이다. 내가 만들어 놓은
마음의 크기만큼 내가 살아가는 세상의
크기가 커지는 것이다.

01
문제도 답도 자존감에 있다.

십 대, 이십 대, 삼십 대. 나의 삶은 계속 힘겨웠다. 십 대에는 너무 여린 나를 위로받을 곳이 없어 힘들었다. 이십 대는 불안한 미래를 위하여 발버둥치느라 힘들었고, 삼십 대는 나에게 과분한 가정을 꾸리느라 힘들었다. 이 모든 삶을 이겨내고 나는 사십 대를 맞았다.

사십 대, 불혹의 나이에 들어서 보니 왜 사십이라는 나이에 대해 많이 언급되는지 조금은 알 것 같다. 지금의 상황이 성공했을 수도 있고 힘들 수도 있다. 그러나 오랜 시간 다양한 시도와 경험들이 어느 정도 쌓이고, 이 나이가 되었다. 실패도, 성공도 경험해보았다. 가정도 꾸려봤고, 아이도 키워봤다. 나이도 어느 정도 들었다고 할 수 있다.

나는 이런 나의 모습이 좋다. 아직도 위기 한복판에 있고 지금도 힘겹다. 그러나 어려움에 대처하는 마음의 자세가 달라졌다. 젊은 시절의 나보다 한결 여유로워졌다. 별일 있겠어, 어떻게 해결되든 결국은 지나가겠지. 이런 마음이 저절로 든다.

사십 대라고 다 같은 모습은 아니다. 결혼 안 한 친구도 많고, 아직도 안달복달하고 사는 친구들도 있다. 무기력증에 빠져 핸드폰만 붙잡고 있는 친구도 있다. 멋진 이십 대, 삼십 대, 사십 대는 치열한 삶에 대한 노력의 결과이다.

나는 겨우 사십 대가 되어서야 세상에 당당해질 수 있었다. 그러나 친구 중에는 이십 대부터 당당한 사람도 많았다. 이십 대의 아름다운 젊음에 당당함까지 가지고 있다. 그들은 너무 멋진 삶을 살아간다. 자유롭고, 자기 자신에 온전히 집중한다. 내가 원하는 것에 과감하게 도전하는 삶이다. 나도 그때는 그렇게 보였을지도 모르겠다. 하지만 내 기억 속의 나는 계속 발버둥치던 기억만 남아있다. 미래의 불확실성에 저당 잡힌 젊음이었다.

삼십 대에 누군가를 책임져야 한다는 것은 쉬운 일이 아니었다. 우리 사회의 삼십 대가 한 가정을 꾸리고, 아이를 키울 준비가 되어있기 쉽지 않다. 나 역시 내 집 한 칸 마련하지 못하고 아이를 키우겠다고 한 것이다.

요즘 젊은이들은 이런 현실을 잘 안다. 그래서 결혼도 늦게 하고 아이도 안 낳는 것이다. 나는 그들이 무척이나 똑똑하다고 생각한다. 우리 때는 아무도 우리가 준비가 안 되어있다고 알려주지 않았다. 이렇게 많은 책임과 능력이 필요하다는 것을 몰랐다.

부모님의 보호 아래 살고 있었던 십 대, 이십 대 때 나는 도대체 왜, 무엇이 힘들었을까? 객관적으로, 외형적으로 나는 힘들 일이 없었다. 그냥 수업 땡땡이치고 놀러 다니는 철부지였을 뿐이다.

잘 난 주변에 대한 열등감. 이것을 이겨내고 나도 조금 멋지게 살아보고 싶은 욕심. 제대로 할 줄 아는 것이 아무것도 없는 사람이라는 주변의 선입견. 이런 다양한 것들이 나를 힘들게 했다. 여기에 아직 여리고 자존감이 조금도 없는 마음이 있었다. 그리고 겉으로는 즐거워 보이는 나를 힘들게 했다.

그에 반해 나의 사십 대는 겉으로는 훨씬 힘겹다. 내가 책임져야 하는 가정이 있다. 왠지 나로 인해 공부와 한참은 멀어 보이는 딸들도 있다. 대출은 왜 이렇게 많은지. 세상에 치과는 편의점만큼이나 많다고 한다. 우리나라 병원현실이 쉽지도 않다.

사십 대의 삶은 재산은 은행 것, 몸은 아이들 것, 내 것이 무엇이 있을까 하는 생각이 든다. 내 몸이 내 것이 아닌 삶이다. 그러나 나는 십 대, 이십 대 때보다 행복하다. 그때도 즐거웠고 지금도 즐겁지만, 마음이 훨씬 편하다. 생각해 보면 외부의 위기보다 내부의 어려움이 사람을 더 힘들게 한다.

우리는 모두 인생의 어려움을 가지고 있다. 어려움이 닥쳤을 때 우리는 주변의 도움이 필요하다. 나를 절대적으로 응원해주는 지지자도 필요하고, 나를 위로해 줄 사람도 필요하다. 마음의 지지자, 위로자가 없는 경우 감정의 고난은 배가 된다. 심할 경우 감정적으로 벼랑 끝에 서게 되는 것이다.

이때 손 내밀어 주는 작은 도움이 우리를 위기에서 구해내게 된다. 우리는 외부의 고난과 위기만 보기 때문에 이 내면의 위기들은 그냥 지나친다. 결국, 우리를 무너지게 하는 것은 외부의 위기가 아니라 내면의 위기인 경우가 대부분이다.

위기는 항상 기회와 같이 온다고 한다. 내 경험상 위기는 기회와 같이 오기도 한다. 위기 시 주변에 반드시 도움의 손길이 나타나고 이것이 기회와 연결이 된다. 우리가 해야 할 일을 자존감을 가지고 잘 버티는 일이다. 마음의 힘을 믿고 도움의 손길이 나타날 때까지 버티는 것이다.

버티고 버티다 기회가 오면 반드시 붙잡아야 한다. 그리고 위기에서 빠져나오는 것이다. 위기탈출과 더불어 우리는 삶의 방향, 목적을 향해 나아가야 한다. 위기를 벗어나면서 얻게 되는 자신감으로 앞으로 나아간다. 그리고 성취를 이루는 것이다. 이러한 위기를 몇 번 겪고 나면 우리는 무한한 가능성을 지닌 단단한 존재가 된다.

　나는 감정적으로 나를 지지해주는 사람이 없었다. 나를 위로해 주
는 사람도 없었고, 응원해주는 사람도 없었다. 나는 나 자신을 응원하
고 위로했다. 내면의 자존감에게 위로를 받았다. 이렇게 버티면서 적
은 기회들을 하나씩 성취해 나갔다.

　때로는 우연히 멋진 기회를 성취하기도 했고, 힘겹게 작은 기회들
을 이루어 가기도 했다. 그리고 내가 나를 위로하는 마음도 점점 힘이
세져 갔다. 이 시절의 나는 목표도 꿈도 없었다. 그냥 가끔 나에게 오
는 기회들을 잡으며 살아갔다. 그것이 어떤 의미인지, 왜 하고 있는지
도 알 수 없었다.

　내가 어른이 되어서 나는 우연히 오는 기회들을 넘어, 목표와 꿈이
라는 것을 찾기 시작했다. 이제 생각하는 힘이 세져서, 내가 무엇을
향해 나아 가야 하는지를 조금씩 생각하기 시작했다.

　너무나 막막하던 시절의 나는 조금씩 변화되었다. 막연하게 열심히
살거나 아무런 목적 없이 부지런한 것이 아무런 결과도 주지 못할 것
으로 생각하는 사람도 많다. 물론 단기적으로 보면 아무런 성과도 없
고, 몸만 힘들고 미련해 보일지 모른다.

　그러나 멀리 내다본다면 결국은 우리는 성장하게 되고, 목적도 생
기고, 성과를 얻게 될 것이다. 별 볼 일 없는 것 같은 순간에도 우리의

자존감과 마음은 지속적인 작업을 한다. 아무 일 안 하는 것 같은 자존감은 우리의 삶을 지속해서 의미 있게 만들어 준다.

시간이 흐르면서 우리는 삶의 방향을 찾게 되고 의미 있는 결과를 얻게 된다. 그리고 자존감이 맡은 바 책임을 완수한다. 우리는 우리의 삶에 진실과 열정을 가지게 된다. 결국, 결핍을 해결하고, 나 자신의 문제를 해결하게 되는 것이다.

우리는 자존감으로 마음의 힘을 키우며 나의 길을 걸어가야 한다. 나 자신이 나에게 무한한 신뢰를 보낼 때 나의 잠재력은 마음껏 능력을 발휘한다. 내 인생의 고난은 나에게서 점점 멀어지고 성공은 나에게 성큼 다가와 있을 것이다

02

마음 관리는 내 삶에 대한 존중이다

직업의 귀천, 고하가 있다고 생각하는가? 나는 없다고 생각한다. 이렇게 말하면 비웃는 사람들이 있다. '거짓말하고 있네.'라고 생각할 것이다. 그러나 나는 진심 직업에 귀천이나 고하가 있지 않다고 생각한다.

이것은 내가 특별해서가 아니다. 우리 부모님께서 이렇게 살아가시는 모습을 보면서 컸기 때문이다. 그 당시 시대 상황이 그래서였을 지도 모르겠다. 서울대를 나오신 아빠는 현역 국회의원 친구도 있지만, 초등학교만 나온 친구와도 잘 지내셨다. 아빠 지인 중에는 시장에서 장사하는 사람도 있었고, 최고의 학교를 나와서 친정에 기대어 사는 사람도 있었다.

나는 의례 인간관계는 이런 것으로 생각하고 자랐다. 우리 딸도 똑같다. 초등학교 졸업할 때 친구와 함께 학교 보안관 아저씨에게 감사의 편지를 쓴 유일한 학생이었다. 우리는 아파트 경비아저씨나 청소하는 아줌마에게도 항상 열심히 인사를 한다.

세상 사람들이 어떤 사연으로 어떤 직업을 가졌는지 알 수 없다. 각자 자기의 인생에 온 힘을 다해서 살고 있는 것이다. 그리고 그것 자체로 존경받아야 한다.

우리는 주변 사람들에게 예의와 격식을 갖추고 살아간다. 물론 많은 사람은 예의와 격식을 무시하고 살아간다. 땅콩 사건만 봐도 갑질이 난무하는 사회다. 사람을 대면하지 않는 콜센터에 대한 사람들의 무시와 비하는 최고조에 달한 듯하다. 결국, 멘트에 우리 가족이 전화를 받고 있다는 메시지를 전하게 될 정도다. 서비스 업종은 손님들의 민원에 시달린다.

그러나 우리가 직접 대면하는 지인들에 대하여는 예의를 가지고 만난다. 나의 행동이 나의 격식을 말해주기 때문이다. 직업의 귀천이 있다고 생각하듯이 태도에도 귀천이 있다는 것을 대부분 사람은 인식하고 살아간다.

사람을 만날 때 깨끗하게 씻고 좋은 옷을 차려입는다. 약속 시간도 잘 지킨다. 안부도 전하고, 기분 좋은 인사도 나눈다. 말투와 행동을 조심하고, 상대에게 상처가 될 주제는 피하려고 노력한다. 때로는 맛

있는 것도 사주고, 선물을 건네기도 한다.

타인을 이렇게 배려하는 우리는 나 자신에게 어떤 배려와 존중을 하고 살아갈까? 빈둥빈둥 시간을 보내고, 몸에 안 좋은 것을 먹는다. 담배를 피우기도 하고, 주야장천 술에 절어 살기도 한다. 물론 이런 사람들은 타인에 대한 존중이나 배려보다는 갑질을 할 가능성이 클 것 같기도 하다.

여하튼, 우리는 생각보다 나 자신을 존중하고 아끼는 데 인색하다. 나에 대한 존중은 둘째치고 자기학대와 비하를 하는 사람들이 의외로 많다. 워커홀릭도 일종의 자기학대라고 할 수 있다. 일을 핑계 삼아 세상으로부터 도피하는 것이다.

사회생활을 이유로 주5일 술을 마시는 사람도 있다. 건강 염려증에 기인한 운동중독자도 있다. 강박증으로 온종일 청소와 정리정돈만 하는 사람도 있다. 무기력증에 빠져 아무것도 안 하는 사람도 있다. 어떤 기회가 와도 이 핑계 저 핑계를 대며 피한다.

세상을 살아간다는 것은 내 삶을 내가 경영해 나가는 것이다. 나는 내 인생의 CEO이다. 건강, 외모, 경제력, 마음, 시간, 인간관계 등 모든 면을 관리해야 한다. 이 총체적인 관리의 결과가 내 인생이다.

나는 충분한 수면과 삼시 세끼를 꼭꼭 챙겨 먹는다. 반드시 아침을 먹는다. 운동은 출퇴근을 이용한 걷기만 한다. 하루에 40분 내외의 운동한다. 외모는 날씬함을 유지하는 것으로 내 할 일은 다 했다고 생각하고, 시간은 최고로 알뜰하게 사용한다. 인간관계는 가능한 한 최소로 유지한다. 이것이 내가 운영하는 나의 삶이다.

링컨은 나이 사십이 넘으면 자기 얼굴에 책임을 져야 한다고 말했다. 나는 이 말에 공감한다. 젊었을 때는 타고난 외모가 중요하다. 그러나 나이가 먹어갈수록 얼굴에 그 사람의 인생이 담겨있는 것을 볼 수 있다. 그 사람이 세상을 어떻게 대하는지, 자기 자신을 어떻게 만들어 가고 있는지 얼굴에 나타나는 것이다.

나이가 들어감에 따라 건강을 걱정한다. 운동을 하고 건강식품들을 챙겨 먹는다. 기운이 없고, 아픈 곳이 늘어난다고 하소연을 한다. 그러나 마음이 피폐해졌다거나, 나이가 드니 마음이 쪼그라든다는 말을 하는 사람은 없다. 세상이 급속도로 바뀌는데 나의 사고는 고리타분하고 구식이라고 걱정하는 사람은 없다.

박근혜 전 대통령의 탄핵 사건 때 나이 드신 많은 분이 태극기를 들고 거리로 나섰다. 우리 아빠와 엄마도 거리로 나오지는 않았지만, 박근혜 지지자다. 엄마, 아빠 친구들도 모두 한나라당을 지지한다. 문재인 대통령이 빨갱이고, 간첩이라는 가짜뉴스를 진심으로 믿는 사람들이다.

이들은 70대 즈음의 나이 드신 분들이다. 건강을 챙기기 바쁜 나이이다. 매일 운동도 챙겨서 하시고, 몸에 좋다는 것은 종류별로 많이 드신다. 그러나 아무도 가짜뉴스에 병들어 가는 마음을 챙기는 사람은 없다. 젊은 사람들이 촛불을 들고 거리로 나와서 나라가 망해간다고 진심으로 생각하는 것이다.

우리 부모님들은 꽤 많이 배우신 엘리트이다. 주변 친구들도 모두 사회 지도층이었다. 하지만 나중에 나를 포함해 배웠다고 하는 이들도 나이를 먹으면 마음이 딱딱해지고 변화하는 세상에 적응하지 못할까 봐 살짝 걱정된다. 이런 정치, 사회적인 대화를 안 한 지 오래되어서 요즘은 어떤 생각을 하는지 궁금하다.

생긴 대로 산다는 말이 있다. '그렇게 쪼잔하게 생겼으니, 하는 행동도 밴댕이 소갈딱지 같지.' 우리는 이런 말을 흔하게 듣는다. 그러나 실제로는 생긴 대로 사는 것이 아니라 사는 대로 생기는 것이다. 쪼잔한 행동을 하니 얼굴이 쪼잔하게 바뀌는 것이다.

여유롭게 베푸는 삶을 사는 사람의 얼굴은 광채가 나고 푸근해 보인다. 안달복달하는 삶을 사람은 얼굴이 불안 그 자체다. 불평불만을 달고 사는 사람 역시 얼굴에 '나 불만'이라고 쓰여 있다.

결국, 우리가 삶을 살아가는 것은 마음 관리로부터 시작된다. 우리가 마음을 지배하면, 우리의 마음이 우리의 몸을 지배하게 된다. 그러면 이것이 습관이 되고 삶이 되는 것이다. 건강을 잃으면 모든 것을 잃는다고 한다.

　마음 역시 마찬가지이다. 마음을 잃으면 모든 것을 잃게 된다. 마음을 다스리지 못하는 사람은 몸을 다스리지 못한다. 마음이 우울해서 죽고 싶고, 계속해서 불안하다면 어떻게 몸이 건강할 수가 있겠는가. 아무리 좋은 음식을 먹고 운동을 해도 마음이 불안하고, 피폐하다면 건강한 몸이 만들어지지 않는다. 모든 병의 근원은 스트레스라고 한다. 이 스트레스는 결국 마음의 병이다.

　몸 짱을 만들 듯 마음 짱을 만드는 방법을 익히자. 책을 읽고, 즐거운 생각을 하고, 명상하자. 마음에 영양분을 공급하자. 작은 도전과 성취로 성취감을 만끽하게 해주자. 좋은 사람을 만나서 즐거운 시간을 갖도록 하자. 삼시 세끼 밥을 먹듯이 매일매일 마음을 챙기고 관리하자. 마음이 단단해져야 몸도 건강해지고 행복한 삶을 누리게 된다.

　세상에서 가장 멋진 마음을 만들어 보자. 멋진 마음은 내가 나에게 줄 수 있는 가장 큰 선물이다. 세상에서 가장 멋진 마음을 가진 나는 가장 멋진 삶을 살게 될 것이다.

03

자존감은 나를 배신하지 않는다

어렸을 때 우리에게 부모님은 절대적인 존재였고. 신과 같았다. 부모님이 주는 것을 먹고, 하라는 것을 하면서 자라난다. 우리의 의식주를 해결해주고, 세상을 살아가는 방법을 알려준다. 우리를 보호하고 사랑해주는 존재이다.

이러한 절대적인 존재는 우리가 커가면서 변화되기 시작한다. 우리는 빠른 속도로 자라는 것이다. 그에 반해 부모님은 천천히 변해간다. 나이가 들어 세상에 더욱 소통하게 될 수도 있다. 아니면 변화하는 세상에 적응을 못 하여, 점점 소통이 안 되는 존재로 남게 될 수도 있다.

부모와 자식의 관계는 변화하게 된다. 아이는 점점 부모님에게서 벗어나려고 하고, 부모는 여전히 아이가 본인의 방식대로 스스로 살아가기를 원한다. 자식이 결혼하여 손주가 있어도 여전히 자식들의 삶에 관여하고 싶어 하는 부모가 많다.

부모는 의도했던, 의도하지 않았던 자식에게 상처를 주는 상황들이 발생한다. 자식이 부모에게 상처를 주는 일도 수없이 많다. 우리는 이런 과정을 통해 부모에게서 독립을 하게 된다.

아이는 자라면서 부모에게서 독립을 하게 되고, 친구들과의 관계를 이루면서 살아간다. 친구들과 일상을 공유하고 모든 것을 나누려는 사이가 된다. 친구와 부모에게 말 못 하는 것들을 공유하며 서로 의지하며 청소년 시기를 보낸다. 그러나 이 관계는 서로 믿고 의존하고 소통한다. 그리고 싸우고 배반하며 반목하기도 한다.

이 관계를 통해 사회적 인간관계를 배우기 시작하는 것이다. 좋은 친구, 나쁜 친구가 있다는 것도 알게 된다. 나에게 맞는 사람을 찾아 만나는 법도 알게 된다. 나를 배신하고 나에게 피해를 준 친구들을 피하는 방법도 알게 된다.

우리는 더 커서 직장이나 사회에서 새로운 인간관계를 맺게 된다. 이 인간관계는 상호의존도가 훨씬 낮다. 서로의 필요에 의해 형성되는 관계이다. 이 관계는 이익, 유불리 등에 더 민감한 관계다. 서로에게 필요한 존재들, 이익을 나눌 수 있는 사람들끼리 만나게 되는 것이다.

이렇게 자라서 사랑하는 사람을 만나게 된다. 서로가 서로에게 전부가 되고 싶은 인간관계이다. 전부가 아니면 아무것도 아닌 것이 되는 관계이다. 사랑하는 사람들은 서로에게 감정을 온전히 쏟아 붓는다. 가장 행복감을 느끼지만, 끝은 큰 상처로 남게 되기도 한다.

1997년 나는 친구와 단둘이 호주 배낭여행을 떠나기로 했다. 둘 다 학생이었던 우리가 여행경비를 마련하여 40일간 호주를 여행하는 것이 쉬운 일은 아니었다. 용돈을 모으고 아르바이트를 하여 돈을 마련하고 방학 때 호주로 가게 되었다.

호주에서 40일간 버틸 최소한의 경비를 마련하였다. 출발하는 날 아침까지 받기로 되어있던 아르바이트 비용 20만 원을 회사에서 안 주는 것이었다. 개인이 주는 것이 아닌 회사가 주는 것이다 보니, 내가 아무리 안달복달해도 받을 수가 없었다. 며칠 후에 주겠다는 말만 반복하고 있었다.

나는 결국 엄마에게 도움을 요청했다. 내가 호주에 가 있는 동안 그 돈을 엄마가 받고 20만 원을 먼저 달라고 했다. 그러나 엄마는 돈이 없다고 알아서 하라는 말만 하였다. 오후에 공항에서 친구와 만나기로 했는데, 경비가 부족해서 출발하지 못하고 있었다.

결국 울고불고 난리를 친 후, 엄마 카드를 받아서 공항으로 가게 되었다. 나는 큰돈이 아니라고 생각했던 그 사건을 시작으로 부모님으로부터 정신적 독립을 하게 되었다. 배신감도 느꼈고, 나 자신 이외에는 누구도 믿으면 안 된다는 마음도 들었다. 위기에 나를 절대적으로

도와줄 것이라는 믿음이 깨진 것이다.

　나의 젊은 시절, 내 인생에도 몇 안 되는 사랑 이야기가 있다. 사랑 이야기라고 하기에는, 그냥 사랑의 시작점에서 헤어졌던 것 같다. 같은 동네에 사는 동갑내기 남자와 사랑을 막 시작하고 있었다. 가끔 데이트라고 할 만한 만남을 이어가고 있었다. 핸드폰이 막 나온 시절, 처음이자 마지막으로 손 편지를 주고받았던 남자였다.
　한참 이것이 사랑인가 아닌가 하는 시기에, 꽤 친했던 친구가 이 남자에게 접근했다. 그리고 동갑내기 남자와 나는 헤어졌다. 김건모의 노래 〈잘못된 만남〉의 가사쯤 되는 상황이었을 까. 나는 그렇게 사랑과 우정으로부터 동시에 배신을 당해야 했다.

　우리는 살아가면서 많은 인간관계에서 배신, 상처, 실망들을 겪으며 살아간다. 나의 호의를 호구로 받아들이며 배신감을 주는 사람도 주변에 많이 있다. 이렇게 사람에 대한 신뢰와 상처를 반복하면서 우리의 주변 인간관계는 돈독한 관계들을 구축하게 된다.
　나를 이용하고, 배신하며 상처 주는 사람들과는 멀리하게 된다. 그러다 보면 믿음과 신뢰가 변치 않는 사람들만 주변에 남게 된다. 지금 나의 주변 사람들은 내가 오랫동안 믿어온 사람들이다. 앞으로도 나를 배신하지 않을 것이라는 확신을 한 사람들로 구성되어있다.

그러나 이들도 나 자신이 아닌 남이다. 서로에게 상처를 주지 않을 것이라는 확신은 그냥 확신일 뿐이다. 진실로 나를 배신하지 않는 존재는 나 이외에는 없다. 내가 나를 배신하지 않는다는 것이 상처를 주지 않는다는 걸 의미하지는 않는다.

나는 나 자신에 의해서도 많은 상처를 받는다. 내가 가진 과도한 욕망, 욕심, 혹은 기대들로 나 자신에게 상처를 입힌다. 내가 나에게 설정하는 너무 높은 기준들이 나를 힘들게 하기도 한다.

그러나 그것은 내가 나에게 설정하는 것으로 예측 가능한 상처들이다. 내가 모르는 순간 나에게 갑자기 닥치는 상처나 배신이 아니다. 상처받지 않고 싶은 순간 나는 나의 기준만 바꾸어 주면 되는 것이다.

나를 믿는 힘이 세상에 나를 존재하게 한다. 이것은 이 험한 세상에서 절대 변하지 않는 한 가지 원칙이다. 해가 동쪽에서 떠서 서쪽으로 지는 것이 불변의 사실인 것과 같다. 내가 나를 믿는 크기만큼 나는 세상을 살아가게 된다.

내가 나를 보잘것없는 사람이라 믿는다면, 나는 보잘것없는 인생을 살게 된다. 내가 세상에서 가장 멋진 사람이라는 사실을 믿는다면, 나는 세상에서 가장 멋진 삶을 살게 될 것이다. 세상 사람들이 아무도 나를 사랑하지 않는다는 사실을 믿는다면, 아무도 나를 사랑하지 않게 된다.

나 자신을 믿어주는 마음, 자존감은 내가 만들어 놓은 마음이다. 내가 만들어 놓은 마음의 크기만큼 내가 살아가는 세상의 크기가 커지는 것이다. 내가 나를 보는 마음으로 세상도 나를 바라보게 된다.

나는 어렸을 때 아무도 나를 사랑하지 않을 것이라고 믿었다. 그리고 세상의 아무도 나를 사랑하지 않았다. 어른이 된 지금, 나는 사랑받을 만큼 멋진 사람이라고 생각한다. 그리고 내 주위의 많은 사람이 나를 사랑한다.

지금 내가 살아가는 세상은 내가 만들어 놓은 세상이다. 내가 가지고 싶어 하는 것을 가지고, 내가 하고 싶어 하는 일을 하고 있는 것이다. 내가 받기를 원한 만큼의 사랑을 받고 있고, 내가 소유하고 싶었던 만큼의 재산을 가지고 있다.

나를 믿고 내가 만들어가는 나만의 세상을 믿어보자. 이 믿음이 당신의 세상을 크고 멋진 세상으로 만들어 줄 것이다.

04

삶의 결정권은 나에게 있다

삶은 다양한 모습을 하고 있다. 내가 의도하지 않았던 사소한 결정에 따라 인생 전체의 모습이 결정되기도 한다. 주변을 돌아보면 다양한 삶의 모습이 있다. 세상의 통념을 그대로 보여주는 삶도 있고, 자신만의 개성으로 꾸려가는 삶도 있다.

내 주변에는 학생 때부터 공부를 잘하고, SKY 대학을 나와 대기업을 다니는 사람이 너무 많다. 좋은 대학에 가기 힘들고, 취직이 어렵다고는 하지만, 그래도 그냥 주어진 일을 열심히 하면 자연스레 걷게 되는 가장 평범한 길이다. 전문직 종사자도 이 부류이다. 공부를 잘하고, 좋은 대학에 간다. 그리고 주어진 일을 평생 열심히 한다.

기존의 평범한 삶을 거부하고 본인의 개성을 한껏 발산하는 사람들도 있다. 나의 절친은 중학교 때 공부가 하기 싫다고 선언했다. 그리고 상고를 가고 지금은 부동산을 운영한다. 어렸을 때부터 본인이 갈 길을 결정한 것이다. 그녀는 공부했어도 잘했을 것이다. 꽤 머리가 좋고 무엇이든 마음만 먹으면 잘하였다.

친한 언니는 딸을 홈스쿨링 시켰다. 초등학교 3학년부터였던 것 같다. 학교에서 아이가 통제하는 방법들이 싫었다고 한다. 칭찬스티커 등으로 성과를 유도하고, 모든 아이들이 같은 기준으로 학교생활을 해야 한다. 언니도 딸도 예민한 스타일이다. 언니의 딸은 계속 홈스쿨링을 하고 외국 대학에 들어갔다. 지금은 영어로 책을 출판하기도 한다.

나의 친한 친구는 대학을 졸업하고 작은 이름 없는 중소기업에 취직했다. 그녀는 회사를 옮기고 옮겨서 현재는 가장 좋다는 외국계 회사에 다니고 있다. SK텔레콤, 마이크로 소프트 등 꽤 유명한 회사를 다 거쳐 갔다. 계속 도전하고 발전하는 살아있는 전설이라고 불린다.

그냥 백수로 살기로 한 사람도 있다. '나는 일하기 싫어' 라고 선언을 했다. 그리고 진짜 일을 안 한다. 나같이 계속 무엇인가를 도전하는 사람에게는 신기한 존재이다. 그러나 그녀는 나보다 멋지고 여유 있게 잘 살아가고 있다.

삶은 선택이다. 모든 것은 선택으로 시작되고 결정된다. 나의 꿈이나 목표로 향해가는 길로 들어서게 되는 것이다. 그것이 작은 오솔길

일 수도 있고, 고속도로일 수도 있다. 선택에 의해서 인생의 방향은 계속 바뀌게 된다.

어떤 선택을 어떻게 하느냐 하는 것이 인생의 가장 중요한 숙제이다. 결국, 나 자신의 본질을 인식하고 거기에 맞는 선택을 해야 한다. 대부분 사람은 부모님에 의한 결정, 사회 통념상 옳다고 하는 결정을 한다. 좋은 성적, 좋은 대학, 안정적인 직업. 이 모든 것은 사회에서 좋다고 하는 것이지 나에게 좋은 것은 아닐 수 있다.

나 역시도 대학을 졸업할 때까지 내가 공부를 해야 하는 이유, 대학에 가야 하는 이유를 생각하지 않았다. 그냥 남들이 하니까 공부를 했고, 대학을 갔다. 이유도 목적도 없으니 만화 가게와 오락실을 전전하며 학창시절을 보냈다. 대학을 졸업하면서 비로소 나에 대한 선택을 나 스스로 하게 되었다.

남자들이 군대를 다녀와야 사람 된다는 말도 같은 의미일 것 같다. 자신에 대해서 깊이 생각해볼 계기가 생기는 것이다. 그리고 자신의 인생을 주도하는 선택을 할 수 있는 역량이 생긴다. 가방끈이 긴 사람이나 짧은 사람이나 사는 모습은 다 똑같다. 공부를 잘하고 석박사를 했다고 특별한 인생을 살지 않는다.

선택을 할 때는 남보다 빠르게 먼저 하는 것이 좋다. 자존감 낮은 우리는 결정 앞에서 항상 주저하게 된다. 그리고 누군가 먼저 결정을 내리게 되면 그나마 조금 있던 판단 기준이 사라진다. 저 사람의 결정이 맞을까? 내가 생각한 것이 틀린 거 아니야? 어떻게 해야 하지? 이것저것 생각도 많아지고 눈치도 보게 되는 것이다.

식당에 밥을 먹으러 갔다. 이 집은 뭐가 맛있을까 고민 중에 먼저 주문한 사람이 나왔다. 저걸 먹어야 하나? 똑같은 것을 시키면 바보같아 보일까? 이런 사소한 일에도 백만 가지 생각이 들기도 한다. 나는 특별히 먹고 싶은 것이 없는 경우에 베스트 메뉴를 보고 빠르게 주문한다. 어차피 뱃속에 들어가면 다 그놈이 그놈이다.

나는 항상 일했다. 결혼하고 시댁, 친정, 아이들 너무 많은 역할과 할 일들에 방황하고 있었다. 다 잘할 수도 없고, 완전히 무시할 수도 없는 상황이었다. 나는 위치를 선점하기로 했다. 어차피 다 잘할 수 없으면 하나만 눈에 띄게 잘하면 될 것 같았다.

아이들은 4개월, 6개월부터 어린이집에 보냈다. 주변에서 돌도 안된 아이를 어린이집에 보낸다고 이상한 엄마 취급을 했다. 나는 어차피 보낼 거, 에라 모르겠다 하는 심정으로 빠르게 결정을 하고 남보다 먼저 보냈다. 다행히 아이들은 내가 키우는 것보다 백배는 훌륭하게 잘 컸다.

시댁에 매주 토요일에 가서 잠을 자고 일요일에 돌아왔다. 아이들이 다 클 때까지 거의 한 번도 안 빼먹은 것 같다. 이것이 내가 시댁에서 한 유일한 일이었다. 나는 누구와 전화하는 것도 싫어하고, 음식은 아예 못했다. 시댁에 안부 전화 이런 것은 해본 적 없다. 시어머니 시아버지 생신을 내가 특별히 챙겨본 적도 없다. 나는 그냥 주야장천 주말에 가서 잠만 자고 왔다.

내가 잘할 수 있는 것 한 가지만 정해서 그것만 했다. 아무도 나에게 모라고 하지 않았고, 나는 최고의 며느리로 인정을 받았다. 그렇게 5~6년 주말을 보냈고, 어느 순간부터는 나 없이 아이들과 애 아빠만 시댁으로 간다. 고생 후 낙이라고 나는 나만의 주말을 즐길 수 있게 되었다.

주중에는 친정에서 아이들을 봐 주셨다. 어린이집에서 데려와 저녁을 먹이고 퇴근 시간까지 돌봐주셨다. 친정에 대한 나의 자세는 '엄마 하고 싶은 대로 다 하세요' 이다. 친정에 아이들이 있을 때 어떤 음식을 먹든, 어떤 TV 프로그램을 보던 절대 간섭하지 않았다. 아이들에게 보신탕을 먹여도, 매운 음식을 먹여도 그냥 할머니와 잘 크고 있다고 생각했다.

방학 때 할머니 집에 있으면 도시락과 간식을 싸서 보냈다. 친구들은 '무슨 친정에 보내는데 도시락까지 싸. 출근하기도 바쁜데.' 라고 하지만, 친정엄마는 '도시락 싸 와!' 라고 내게 요구했고 방학 내내 도시락을 쌌다. 밥하기 싫은 엄마의 요구는 정당했고, 그것은 나의 역할이 맞았다.

우리의 매일매일은 선택으로 이루어진다. 아침에 일어나는 것부터 나의 선택으로 시작된다. 무엇을 할지, 무엇을 먹을지 모든 것이 선택이다. 지금의 나는 과거 많은 선택의 결과이다. 또 지금 나의 선택이 미래의 내 모습을 결정하게 된다.

나는 아이들에게도 작은 선택부터 직접 하게 한다. 양말도 자기가 고르고, 옷도 직접 고른다. 공부하는 것도, 학원에 다니는 것도 본인의 선택이다. 물론 부모로서 한정적인 범위 내에서 선택할 수 있는 도움을 주기는 한다.

나는 지금 이 순간 나에 대한 또 새로운 선택을 한다. 책을 쓰기로 했고, 가치 있는 것, 좋은 것을 누리고 살기로 했다. 시간에 얽매이지 않는 자유로운 삶을 살기로 결정했다. 진정한 나의 모습을 알고 선택을 하자. 남의 의견이 들리기 전에 먼저 선택을 하자. 선택했으면 주변에 알려도 좋다. 자신이 없다면 종이에 적어도 좋다. 선택했다는 사실만으로도 멋진 인생이 시작된다.

05

행동하는 긍정 주의자가 되라

우리 주변에는 긍정과 부정이 얼마나 존재할까? 내 생각에는 부정이 긍정의 다섯 배 정도 많이 존재하는 것 같다. 나는 다른 사람에 비하여 많이 긍정적이다. 나는 같은 인생을 살면서 굳이 부정적인 생각을 해야 할 이유를 알지 못한다. 눈앞에 사건·사고가 발생했을 때 불평불만을 한다고 일이 해결될까? 해결은 둘째 치고 일은 더욱더 미궁으로 빠져들 것이다.

사람들은 '긍정적이다' 라는 의미를 '긍정적으로 생각하면 저절로 일이 해결된다' 라고 생각한다. 이는 '폴리애나 현상' 의 의미를 보면 알 수 있다. 폴리애나는 동명의 소설 속 주인공이다. 폴리애나라고 칭하면 무한긍정의 대표로 상징된다.

'폴리애나 현상' 은 무한긍정을 지나치게 강조하는 상황에서 나타난다. 어떤 일이 눈앞에 닥쳤을 때 그것을 적극적으로 해결하려 하지 않고 '다 잘 될 거야'라고 생각만 하고 있는 상황을 말한다.

그러나 이것은 '무한긍정'의 의미를 잘못 파악한 것이다. 긍정적이라는 것은 그냥 놔둬도 잘 될 거로 생각하는 것이 아니다. 내가 하는 행동이 좋은 결과를 가져올 것으로 생각하는 것이 긍정이다. 아무것도 안 하고 생각만 하는 것은 긍정이 아닌 단순 회피이다.

우리는 어려운 일이 눈앞에 닥쳤을 때 그것을 회피하려고 한다. 하지만 회피를 다른 이름으로 포장하여 세상에 보이길 원하는 것이다. 모든 사람은 회피하는 사람이길 원하지 않는다. 그것을 포장하기 가장 좋은 방법이 긍정적인 생각이라는 포장지로 덮어놓는 것이다.

'그 일은 잘될 수밖에 없어. 나는 긍정적이야.' 이것이 긍정적인 것이 아니다. 긍정적인 생각은 '나는 할 수 있다.'라는 의미를 포함하는 개념이다. 물론 아무것도 안 하고 회피를 한다면 불평불만보다는 긍정적으로 생각하면서 회피를 하는 것이 백배는 낫다.

솔직히 나에 대해 말하라면 나는 어느 정도 '폴리애나 현상'을 가지고 있다. 가끔은 잘될 것이라는 확신을 하면서도 아무것도 안 하고 있을 때도 있다. 때때로 회피하는 일도 있다. 그러나 그것은 절대 긍정이라 무작정 잘될 것을 확신하여 회피하는 것이 아니다. 그냥 회피했는데 나의 사고가 여전히 긍정적인 상태에 있었을 뿐이다.

우리는 눈앞의 모든 일을 처리하고 살지는 않는다. 꽤 많은 일은 그냥 회피하고 무시하고 지나간다. 흥미, 관심이 있거나 필요에 의해서 눈앞의 일에 반응한다. 선후 관계를 혼동하면 안 된다. 이런 현상을 들어 절대 긍정이 안 좋다는 식으로 말하는 사람이 의외로 많다.

어차피 내가 어쩔 수 없는 일들은 회피하는 수밖에 없다. 회피하고 잘되길 기대하는 마음만 가지고 있다가 안 되면 그때 다시 대책을 세워도 된다. 어차피 안 될 일은 아등바등 매달린다고 되지 않는다. 이것을 미리 된다 안 된다 결정하는 것도 모순이 있을 수 있지만, 그 결정은 온전히 내 마음 가는 대로 하면 된다.

사람들은 긍정에 항상 딴지를 걸고 싶어 한다. 절대 긍정, 무한긍정 등, 별로 수긍 가지 않는 용어들을 붙여 무엇인가 문제가 있음을 밝히고 싶어 한다. 절대부정, 무한부정 이런 말은 들어보지도 못했다.

세상은 내가 생각한 대로 돌아간다. 일이 잘되어간다고 생각하는 사람의 일은 잘 되어간다. 매일 죽겠다, 죽겠다 하는 사람에게는 죽을 것 같은 일만 생긴다. 매일 밥상 앞에 앉아 반찬 투정을 하는 사람은 맛있는 음식을 먹을 기회가 점점 줄어든다. '돈 없어 죽겠다' 노래를 부르는 사람 중에 풍요로운 사람은 없다. 이것은 우주의 절대 법칙이다.

모든 자기계발서에 절대 안 빠지고 나오는 두 단어가 있다. '긍정'

과 '실행'이다. 긍정적인 생각을 하고 온종일 침대에 누워있는 사람이 있다. 일주일, 한 달을 그렇게 누워있다고 해보자. 정말 정신력이 강해서 누워서 여기저기 텔레파시를 쏘아 세상이 변화될 수 있는지는 모르겠다. 그러나 아무 일도 일어나지 않는다. 밥을 못 먹어서 기운이 없어 못 일어나거나, 계속 먹고 누워만 있어서 살이 많이 찔 수는 있다.

우리가 사는 세상에서는 대부분 아무 일도 일어나지 않는다. 긍정적인 생각을 하고 지금 당장 무엇인가를 해야 한다. 사람들은 '무엇인가'에 과도한 부담감을 가지고 있다. 의미 있고, 대단한 일이 눈앞에 나타나고 그런 일들을 할 것으로 생각한다.

그래서 아무 일도 안 하고, 대단한 일이 나타나기를 기다리는 것이다. 인생에 대단한 일은 그렇게 자주 나타나지 않는다. 우리 인생에 특별한 별세계가 있을 것이라는 기대들을 한다. 그 특별한 별세계가 우리의 평범한 일상이다. 대단한 일은 소소한 일들에 몰입하고 열정을 다해서 하고 있을 때 우연히 나타난다.

열정을 다해 일하는데 부정적인 생각을 하고 있다면, 안 좋은 쪽으로 인생이 진행되는 속도가 빠를 것이다. 아무것도 안 하면서 부정적인 생각을 하는 사람에게는 상대적으로 안 좋은 일이 덜 생긴다. 긍정적인 생각도 마찬가지이다.

결국, 긍정과 부정은 방향을 제시해 주게 된다. 그리고 일을 얼마나 열심히 하느냐에 따라서 속도가 결정되게 되는 것이다. 부정적인 생각을 하고 최선, 열정을 다해서 일하면 빠른 속도로 안 좋은 곳에 가 있을 수 있다.

우리는 항상 어떤 생각을 하고 있는지, 내가 어떤 방향으로 가고 있는지 체크를 해야 한다. 안 좋은 방향으로 가고 있다면 빨리 원래 궤도로 돌아와야 한다. 그리고 궤도 수정을 해서 좋은 방향으로 돌려놓아야 한다.

내가 되고 싶은 모습을 만들어라. 꿈과 목표를 찾아라. 그것이 내가 되고 싶은 모습이다. 그것은 반드시 이루어진다. 나는 멋진 엄마가 되겠다는 목표를 세운 적이 있다. 그리고 나는 우리 딸들에게 멋진 엄마가 되었다. 우리 딸이 아는 한도 내에서 전교에 유일한 치과의사 엄마였다. 아빠가 치과의사인 친구는 있었던 것 같다.

건물주에게 내쫓기면서 나는 '갑'으로 살겠다고 결정했다. 그리고 나는 상가를 분양받게 되었다. 물론 이 상가는 대출금액으로만 사게 되었고, 은행이 또 다른 '갑'이라고 할 수도 있다. 그러나 은행은 돈만 잘 가져다주면, 나에게 '갑'질할 일은 없다.

세상은 소소한 일부터 큰일까지 내가 생각한 일들로 인해 발생하고, 그런 일들로 내 인생이 이루어진다. 내 인생에서 내가 생각하지 않고 발생한 일들은 없다. 그 언젠가 한 번이라도 생각했던 일들이다.

나는 항상 근검, 절약을 강조하는 가정에서 자랐다. 그리고 내 인생은 근검, 절약이 필요한 상황만 지속하여 왔다. 항상 아끼고 모아 대출을 갚는 시스템이 지속해서 반복되고 있다. 대출을 갚으면, 또 새로운 대출이 발생하였다. 내가 나만의 가정을 이룬 후 대출 없이 살아본 적이 없다.

우리에게 필요한 것은 멋진 인생에 대한 꿈과 비전이다. 그리고 그것을 만들어 갈 실천력이다. 멋진 인생을 꿈꾸고 상상하자. 그리고 눈앞에 나타나는 일들을 하나씩 이루어 가자. 그것이 큰일이든 작은 일이든 도전하고 이루어 가다 보면 내가 꿈꾸던 인생이 눈앞에 나타날 것이다.

06

나답게 살아 볼 용기가 내 삶에
마법을 부른다

위대한 물리학자 알버트 아인슈타인은 이런 말을 했다. '인생을 살아가는 데는 오직 두 가지 방법밖에 없다. 하나는 아무것도 기적이 아닌 것처럼, 다른 하나는 모든 것이 기적인 것처럼 살아가는 것이다.'

인생에는 마법 같은 순간이 있다. 한순간 마음을 통째로 집어삼켜 버리는 그런 순간.

고등학교 때 중학교 친구들과 외할아버지 집에 놀러 갔다. 밤에 집 앞 큰 나무 아래 모여 앉아 이런저런 얘기를 하고 있었다. 문득 나는 하늘을 올려다보았고, 하늘을 지나는 은하수를 보았다. 하늘을 가득 채운 수많은 별이 나에게 쏟아져 내리는 것 같았다. 나는 이 순간 우주가 내 안으로 들어오는 느낌을 받았다. 내 안에 나만의 우주가 만들어졌다.

20년 전 나는 우연히 〈신과 나눈 이야기〉라는 책을 읽었다. 이 책을 읽고 나는 또 마법 같은 순간을 맞이했다. 신이 내 마음속으로 들어오는 느낌을 받았다. 신이 나 자신이 세상에서 가장 소중하다고 말해준 것이다. 이때부터 신은 내 속에 살게 되었다.

이 마법은 살짝살짝 우리 인생에 나타난다. 내가 너무 열심히 어떤 일을 도전하고 힘들어할 때 나타나 도움을 준다. 마법은 TV를 통해 나타날 수도 있고, 옆에 있는 누군가의 말로도 나타난다. 책을 펼쳤을 때 한 구절에 나타나는 때도 있다. 우리는 이것을 영감이라고도 부르고, 기적이라고도 부른다.

나에게 가장 큰 기적은 치과의사가 된 것과 두 딸을 낳은 것이다. 대학교 4학년, 나는 무엇을 하고 살지, 어디로 나아가야 할지 알 수 없었다. 이때 나에게 갑자기 떠오른 생각은 아이들에게 자랑스러운 엄마가 되는 것이었다. 그리고 나는 의사가 되기로 했다.

이과생에게 자랑스러운 직업 1위는 의사였다. 나는 학창시절 의대를 갈 만큼 뛰어나게 공부를 잘 하지 않았다. 그리고 대학 3년 동안 정말 목숨 걸고 열심히 놀았다. 갑자기 수능을 봐서 의대에 간다는 것은 허무맹랑한 소리같이 들렸을 것이다. 학원에 다니지도 않았고, 그냥 대학 도서관에서 수능을 공부했다.

나는 치과대학에 붙었다. 6개월 공부하고, 그것도 졸업시험을 같이 준비하며 합격을 했다. 나는 이것이 기적이라고 생각한다. 신이 나에게 준 선물이다. 나는 교회, 성당, 절에 다니지 않는다. 그러나 신을 믿고 기적을 믿는다. 이렇게 나는 멋진 엄마가 되었다.

나는 남자 형제만 있다. 이모도 없다. 어렸을 때부터 가정에서 자매 간의 정을 나누고 자라지 못했다. 자매가 있는 친구들이 가장 부러웠다. 요즘은 비혼이 많지만 내가 20대 때만 해도 결혼을 안 하면 큰일이 나는 줄 알았다. 그래서 결혼은 당연한 줄 알았고, 결혼하면 정을 듬뿍 나눌 수 있는 딸 둘을 가져야지 하고 다짐했다.

딸 둘을 가지고 싶다고 딸 둘이 생길까? 신기하게도 나는 딸 둘을 낳았다. 나는 이런 것이 기적이 아닐까 생각한다. 만약 내가 아들 둘을 낳았다면, 나의 인생은 정말로 피폐해지지 않았을까 싶다. 주변에 날 위로해줄 사람 하나 없는 고립무원에 살게 되었을 것이다.

남편의 유학 시절 나는 미국에서 첫딸을 가졌다. 아무도 없는 미국에서 임신하고 출산을 한다는 것은 쉬운 일이 아니었다. 친정엄마가 미국에 와줄 수도 없었다. 내가 있는 곳은 미국의 아주 시골이어서 남편과 단둘이 산후조리까지 해야 했다.

내가 사는 곳은 뉴욕에서 자동차로 6시간 떨어져 있는 시골이었다. 한국인이라고는 같은 학교 유학생밖에 없었다. 미국 시골구석에 한국인 산부인과 의사가 한 명 이 전부였다. 당연히 우리는 한국인 의사를 찾아가게 되었다.

이 한국인 의사는 서울대 의대를 나와 외과 전공을 했다. 그리고 미국에 와서 산부인과 의사가 되었다. 놀랍게도 이 의사가 나의 큰외삼촌과 같이 대학을 다니고, 같이 외과 전공을 한 친한 친구였다. 의사 선생님도 놀라고, 나도 놀랐다. 나는 그렇게 아무도 없는 미국 땅에서 예쁜 딸을 낳아 잘 키우고 있었다.

이렇게 기적은 예상치 못한 곳에서 찾아온다. 우리가 어렵고 힘든 상황에서 우리의 수호신처럼 짠 하고 나타나는 것이다. 내가 가고 싶었던 길 위에 놓여있던 위기들, 어려움을 이겨내기 위해 기적은 나타난다.

내가 갖고 싶은 것, 내가 하고 싶은 것, 내가 되고 싶은 것들을 찾아 노력해보자. 위기를 맞고, 실패한다. 길이 안 보여 끊임없이 방황할 수도 있다. 그러나 그 모든 것들이 내가 원하는 것들을 이루기 위한 과정들이다. 그 길 위에 반짝하고 기적이 일어날 수도 있다. 안 보이던 길이 갑자기 나타날 수도 있다. 나를 도와줄 사람이 의외의 장소에서 나타나기도 한다.

우리가 해야 할 일은 진정한 나를 찾아가는 것이다. 내가 도전하는 일들이 다 성공하는 것은 아니다. 그러나 성공하지 않는 많은 일이 나중에 다른 일을 하는 것에 크게 도움이 되는 일도 많다.

나는 그냥 작은 치과병원을 운영한다. 다른 대형병원처럼 큰돈을 벌거나 환자를 많이 보지 않는다. 최신 기술로 어려운 환자를 보지도 않는다. 나는 그냥 작은 병원을 운영하며 꼼꼼하고 안전한 진료를 한다. 겉으로 보기에는 대단할 것 없어 보이는 구멍가게이다.

그러나 이 또한 큰 의미가 있다. 아픈 사람을 치료하는 것의 의미는 당연하다. 내가 또 새로운 일을 도전하는 발판이 된다. 이것도 사업이라고 나는 사업이라는 경험을 하게 되었다. CEO라고 할 수 있다. 건물주에게 쫓겨나 보기도 했다. 이것도 사업의 실패라고 하면 실패이다.

도심의 큰 병원을 부러워하고 그렇게 병원을 키워갈 수도 있었을 것이다. 그러나 나는 나답게 사는 것을 좋아한다. 작은 병원에서 10년간 나를 찾아오는 환자들과 소소한 일상을 나눌 수 있는 병원이 좋다. 너무 많은 환자에 온 종일 시달리기보다는, 한가한 시간도 있어서 이렇게 글을 쓰고 있는 것도 좋다.

모든 일에 답이 정해져 있는 분위기인 우리 사회에서 나답게 살기란 쉽지 않다. 일단 나다운 것을 찾기도 쉽지 않은 현실이다. 나답게 옷 입기, 밥 먹기, 잠자기도 쉽지 않다. 최신유행의 패션을 입어야 하고, 맛집에 끌려다닌다. 잠자기 마저 새벽형 인간이 되라고 외치는 사회에 살고 있다.

어렸을 때부터, 남들이 다니는 학원은 다 다녀야 한다. 좋든 싫든 축구를 배워야 하고, 피아노를 배워야 한다. 무엇을 하는 곳인지 알 수 없는 대학에 가야 한다. 무슨 일을 하는지 알 수 없는 공무원시험을 공부하고 있다. 도대체 내가 하는 것 중 나다운 것은 무엇이 있을까?

나답게 살기. 듣기에는 세상에서 가장 쉬운 것 같다. 그러나 이 쉬운 것을 하고 살기에 우리 사회는 만만치 않다. 아마도 우리가 하기 가장 어려운 일 중 하나가 나답게 살기일 수도 있다. 나다운 것을 알기 위해 꽤 많은 생각을 하고 여러 가지 시도를 해봐야 한다. 나답게 살기 위해 엄청난 노력과 용기가 필요하다.

그러나 나다운 것을 알고 나답게 사는 것에 도전해 본다면 기적은 내 눈앞에 나타날 것이다. 아인슈타인의 말처럼 기적을 아는 사람은 세상의 모든 기적을 경험하고 살게 된다. 나는 아인슈타인의 분류에 의해 '모든 것이 기적인 것처럼 살아가는 사람' 이다.

용기 있게 나답게 사는 인생에 도전해보자. 모든 삶이 기적인 것처럼 살게 될 것이다.

07

마지막 남은 용기는 나를 믿는 데 써라

성공 직전에 포기하여 꿈을 이루지 못한 이야기의 대표주자가 있다. 19세기 미국 서부 골드러시 시대에 살았던, 더비와 그의 숙부다. 이 이야기는 다 들어봤을 것이다. 그들은 금맥을 발견하고 장비를 구매하여 금맥을 파기 시작했다. 그들은 금광석을 파내고 정제하여 장비 구매비용을 갚았다. 그러나 그 이후에 금은 더는 나오지 않았다.

그들은 계속 파 내려가다가 포기하고 장비들을 다 팔았다. 이 장비를 구매한 사람이 금맥에 대해 조금 더 연구하고, 금맥의 특성을 알아냈다. 그들은 조금 더 파 내려가서 금맥을 다시 발견하여 갑부가 되었다. 이 이야기는 성공 직전에 포기하여 꿈을 이루지 못하는 이야기를 대표한다.

우리가 성공을 얻는 순간은 최대의 노력을 할 만큼 다했다고, 안 된다고 포기하는 순간에 한 번 더 내는 힘으로부터 얻어진다. 진정한 행복은 고난의 순간 포기하지 않고 한 번 더 노력해 보는 것에 의하여 얻어진다. 운동도 마찬가지이다. 근육운동도 쓰러질 만큼 열심히 한다. 그리고 그만하고 싶은 그 순간 한 번 더 시도하는 것이 진짜 근육으로 된다고 한다. 모든 일은 비슷한 방법으로 진행된다.

인생을 살다 보면 포기하고 싶은 많은 순간을 직면하게 된다. 그리고 이 포기의 순간에 우리에게는 또 다른 성공의 기회가 나타나는 것이다. 정상에 오르기 직전의 순간이 가장 힘들다. 그 마지막 순간에 힘을 낸 사람만이 정상의 광경을 즐길 수 있다.

우리가 실패하는 주된 이유는 이 마지막 고비의 순간을 이겨내지 못하고 포기하기 때문이다. 마지막 고비를 포기하고 싶은 순간 한 번 더 힘을 내면 신은 우리에게 기적을 베푼다. 갑자기 모든 일이 계획되었다는 듯이 술술 풀리는 것이다.

성공한 대부분 사람이 하는 말은 '끝까지 포기하지 않았기 때문에 성공했다' 라고 한다. 성공의 비결은 포기하지 않는 것이다. 포기하고 싶은 순간에 한 번 더 힘을 내서 버티는 것이다. 그렇게 시간을 버티다 보면 어느 순간 성공의 문턱을 넘은 자신을 발견할 것이다.

결국, 이 임계점을 넘은 사람만이 성취를 맛본다. 물이 99.9도에서는 끓지 않는다. 100도가 되는 순간 끓는다. 98도에서 물이 안 끓는다고 안달복달하다가 불을 꺼놓고, 이 물은 끓지 않는 물이라고 말하고 다닌다. 우리는 시작했다면 임계점을 넘을 때까지 버텨야 한다.

어느 순간까지 버티고 있어야 하는지 알 수가 없다. 내가 아는 지인 중에 고시 공부를 20년간 하다가 포기한 사람이 있다. 나는 궁금하다. 몰입과 집중을 하지 않아서 안 된 것인지, 정말 20년간 계속 온 힘을 다해서 노력했는데 안 된 것인지. 그것을 누가 맞다 틀리다 말할 수 있겠는가. 임용고시를 계속 보다가 포기한 일도 있다. 합격의 문턱에서 포기한 것인지, 아니면 10년 넘게 계속했어도 못 붙는 것인지는 알 수 없다.

어떤 일을 시도하기 전에 충분히 조사하고, 생각을 해봐야 한다. 내가 할 수 있는 일인지 아닌지 판단을 하고 시작해야 한다고 생각한다. 나의 능력치로 어디까지 도달할 수 있는지, 얼마큼 시도하다 안 되면 어느 시점에서 포기해야 하는지 판단할 수 있어야 한다.

많은 사람은 지레 겁먹고 시도도 못 한다. 또 시도한 사람 중 대부분은 성공 직전에 포기한다. 그리고 아주 소수 사람만이 성공을 이루는 것이다. 너무 많은 생각을 한 후 시도도 못 하는 것보다는 실패, 성공의 여부를 따지지 않고 시도해 보는 것도 괜찮다.

성공의 경험은 소중하다. 성공하면 최고로 좋고, 성공을 못 해도 괜찮다. 실패 또한 우리에게 성공만큼 많은 교훈을 준다. 가장 어려운 것은 시도로 실패와 성공을 경험하는 것이 아니다. 지속적인 실패 시 언제 내가 이 실패를 인정하고 빠져 나오느냐 하는 것이다. 어렵고 실패가 많은 일에 도전한다면, 나는 3년, 5년 기간을 정하고 그 시간이 넘으면 빠져나오는 것도 나쁘지 않다고 생각한다.

세상에는 굉장히 다양한 일이 많이 존재한다. 지속적인 실패를 하고 있다면 그것을 포기하고 다른 길을 찾아도 괜찮다. 더 멋진 성과가 내 눈앞에 기적과 같이 나타날 수도 있다. 이 보 전진을 위한 일보 후퇴도 꼭 필요하다. 무조건 직진만 하는 것이 옳은 방법은 아니다. 작전상 후퇴를 해야 할 때도 있다.

인생을 살아가는 방법에는 성공, 실패, 도전, 버티기, 포기하기 다양한 것들이 있다. 이 모든 것이 인생을 구성하는 것이다. 이러한 방법에 대해 맞다 틀리다고 말할 수 없다. 포기가 꼭 나쁘다고 말할 수 있는가? 포기가 성공의 지름길이 되는 경우도 있다. 지금 내가 어떤 것을 선택해야 하는 것을 알 수 없다. 지금 하는 일이 너무 안 된다면 계속 버티며 마지막 힘을 한 번 더 내 볼 것인가, 아니면 포기하고 다른 길로 돌아갈 것인가, 우리는 우리가 어떤 선택을 하더라도 우리 자신을 믿고 또 그 길을 열심히 가는 방법밖에 없다.

우리는 히말라야산맥 정상정복을 목적으로 하고 있다. 그곳으로 가는 방법은 다양하다. 가는 길도 여러 가지가 있다. 각 베이스캠프에

오르고 내려오기를 반복하며 정상에 도달하게 된다. 돌부리에 걸려 넘어지기도 하고 거친 날씨 때문에 다음 해를 기약해야 할 수도 있다. 중요한 것은 히말라야산맥이 어디에 있는지 그 정상을 계속 보고 가야 한다는 것이다. 우리가 이루어야 할 목표를 잊지 말아야 한다. 그것을 머릿속에 항상 담고 그곳을 향해가는 것이 가장 중요하다.

그러나 히말라야산맥에 도전해보니 힘들기만 하고 그 산이 그 산이더라. 나는 우리나라 한라산을 정복하는 것으로 만족하고 살겠다고 한다면 이 역시 나쁘지 않다. 한라산도 멋진 산이며 그것 자체로 큰 의미가 있다.

이솝우화 중 여우의 신포도 이야기가 있다. 굶주린 여우는 포도가 주렁주렁 열린 포도밭에 들어갔다. 포도를 먹으려 애를 쓰지만 짧은 다리로 높이 매달려 있는 포도를 먹을 수 없었다. 여우는 '저 포도는 안 익어서 너무 실거야. 다음에 잘 익으면 다시 와서 따먹어야지' 라며 포기하고 포도밭을 나온다.

우리 인생에도 이런 순간들이 있다. 아무리 해도 안 되는 일도 있고, 도전을 해봤는데 나에게 안 맞는 일도 있다. 우리는 그 일을 안 익은 신포도 라고 치부해 버려도 괜찮다. 그 포기에 대하여 나 자신의 부족함을 탓하고 비난할 필요는 없다. 그 높이 매달린 포도가 아닌 분명 다른 먹을 것이 있기 때문이다.

우리가 평생 걸어가야 하는 길은 나의 인생이라는 예술작품을 만들어 가는 것이다. 아마도 우리가 죽는 순간 그 예술작품은 완성된다. 나는 어떤 아름다운 작품을 만들기 위해서 노력하고 있는가. 지금까지 나의 인생이 너무 볼품없었다고 마음 아파하지 말자. 밑그림 위에 우리는 계속 덧칠을 하여 멋진 그림을 완성할 수 있다. 인생의 건물을 짓고 있다면 리모델링, 재건축하면 되는 것이다.

내가 선택한 일에 전력을 다하고, 결과를 수용하자. 그것이 어떤 결과를 보여주어도 괜찮다. 이 결과는 또 다른 성공을 위한 발판이기 때문이다. 이 결과가 우리 인생의 최종결과가 아님을 알아야 한다. 인생을 포기하고 싶은 순간 한 번 더 노력하자. 그리고 다 사라진 마음을 쥐어짜 내어 노력한 나 자신을 위로하자. 더 성공할 미래를 믿고, 더 좋은 기회가 내 앞에 나타날 것을 믿는데 마지막 용기를 내어보자. 이 마지막 용기가 우리를 원하는 삶으로 데려다줄 것이다.